Diogenes Taschenbuch 24217

detebe

Früher war Weihnachten viel später

Hinterhältige Weihnachtsgeschichten sowie 4 Gedichte

Ausgewählt von Daniel Kampa

Diogenes

Nachweis am
Schluss des Bandes
Umschlagzeichnung von
Tomi Ungerer

Originalausgabe

www.diogenes.ch
80/13/44/2
ISBN 978 3 257 24217 1

Inhalt

Salomo Friedlaender

Das Weihnachtsfest des alten Schauspielers Nesselgrün

Am 21. August 1910 wurde der bejahrte Schauspieler Giselher Nesselgrün so sentimental, wie er es sonst nur Weihnachten war, und mit einer von der Theatromanie begünstigten Einbildungskraft versetzte er sich in eine so festliche Stimmung, dass er beim Gärtner ein Tannenbäumchen erstand und alles irgend Nötige zur Ausschmückung und gehörigen Bescherung einkaufte. »Das ist doch geradezu lächerlich«, knurrte er, »die Feste zu feiern, wie sie fallen! Die Natur ist nur eine Art unbequemes Theater mit unübersehbarer Regie – ach! und mit lumpiger Gage. *Corrigeons la nature!*« Gegen Abend entzündete Nesselgrün die ganze Pracht, sein Phonograph ließ einen herrlichen Choral ertönen. Der alte Herr schellte, seine Wirtin kam und geriet über das Ungewöhnliche in einige Besorgnis. »Ihre Kinderchen, bitte!«, rief der alte Herr. »Ja, aber Herr Nesselgrün, mit Weihnachten hat es doch noch Zeit – fühlen Sie sich wohl?« – »Ich danke, Frau Julke;

also, bitte, die Kinder!« Die Kinder erschienen, von Frau Julke ängstlich behütet, zwei Buben und noch ein ganz kleines Mädchen. Sie brachen in ein grässliches Hallo aus, als im Moment ein kleines Tischfeuerwerk losprasselte und abbrannte. Frau Julke seufzte und fuhr mit der Hand nach dem Herzen. Dann sagte sie: »Mir freut es gewiss, Herr Nesselgrün, wenn Sie meine Kinders so 'ne Überraschung machen – das muss ich Sie aber doch sagen: so alt als ich geworden bin« – »Julke!«, unterbrach sie der alte Herr streng, »Sie verstehen nichts von Regie, und Ihr Kaffee schmeckt wie Langeweile mit Ekel drin – jehn Sie hinter die Kulisse, das rate ich Ihnen!« Die Kinder weinten, Frau Julke riss sie aus dem Zimmer und schlug die Tür hinter sich zu. »Eine schlimme Weihnacht«, brummte Giselher. Er sah aus dem Fenster, weil es ihm unten nicht geheuer schien. Eine Menge Menschen starrten zu ihm hinauf, unter ihnen stand Frau Julke, gestikulierte stark und hielt eine Rede. Die Leute lachten und johlten. Giselher stellte den Phonographen ins Fenster. »Stille Nacht, heilige Nacht«, ertönte es in den Lärm hinein. Die Leute führten jetzt vor Vergnügen wahre Veitstänze auf. Nesselgrün wurde wütend: »Das Spiel ist vortrefflich«, schrie er hinunter, »die Regie bewährt sich vollkommen. Dass das Publikum aus der Rolle fällt und den dürftigen prosaischen Umstand, dass heute *außerhalb* unseres Spiels Ende August ist, nicht vergisst«, – mit eins entstand unten tiefe Stille, alles hielt den Atem an, unwillkürlich gefesselt – »dass das Publikum«, fuhr Nesselgrün ingrimmig fort, »nicht so viel Illusionskraft hat, sich im Sommer den Winter vorzustellen, kommt mir bedenklich vor. Es ist ein Mangel an künstlerischer Kraft. Müsst ihr immer erst ins Theater gehen, Leute, oder auf Traum und Fastnacht, auf Rausch und Irrsinn warten, ehe ihr so kühn werdet, die Natur zu dirigieren? Ist nicht Weihnachten ein so schönes, erquickliches Fest, dass man es mindestens einmal in jedem Monat feiern sollte? Glaubt mir altem, ausgedienten Manne!« Damit schleuderte er Konfetti und künstlichen Schnee auf die Straße, und in einem Nu steckte er das kindliche Volk mit seiner Begeisterung an. Die allezeit zu Scherz, Fest und Freude aufgelegte Jugend riss die Eltern mit sich fort. Alle Gärtnerläden wurden geplündert. Bald flammten Lichtbäume an allen Fenstern; man sang heilige Lieder. Der kleine Ort war die ganze Nacht hindurch voller Fröhlichkeit. »Es ist der schönste Erfolg, den jemals ein Schauspieler errungen hat!«, seufzte Nesselgrün. »Da leben sie nun, ganz in meine Illusion gehüllt. Ach! aber wer andere hineinversetzen will, darf selber nicht darin sein.« Er zog seinen Schlafrock eng um seine alten

Glieder. »Frau Julke!«, brüllte er. Die Frau steckte ihre Nase durch die Tür. »Welches Datum haben wir heute?« – »Außerhalb oder sonstwo?«, replizierte die Julke. Nesselgrün lachte: »Sehen Sie, Frau Julke«, belehrte er sie, »dem Theater gegenüber muss man vorsichtig sein. Wäre die Regie noch besser gewesen, dann hätte es heute auch außerhalb geschneit.« – »Oh, du mein Gott«, jammerte die Julke, »Sie machen alle Welt verrückt. Einen vons Theater nehme ich nie wieder!«

Kurt Tucholsky

Gefühle nach dem Kalender

Eigentlich ist es ja ein bisschen merkwürdig: wenn nur noch wenige dünne Kalenderblätter den Abreißer vom 24. Dezember trennen, so senkt sich jenes weihnachtliche Gefühl auf ihn hernieder, das ihr alle kennt. Er wird ein bisschen weich, er wird ein wenig träumerisch, und wenn der ganze Apparat des Einkaufs vorbeigeklappert ist, wenn all das Tosen und Wirken vorüber ist, dann saugt er doch an seiner Weihnachtszigarre und denkt sich dies und das und allerlei. Aber wie denn? Kann man denn seine Gefühle kommandieren? Kann man denn – nach dem Kalender – seine Empfindungen regeln?

Man kanns nicht. Der Schnurriker Salomo Friedlaender erzählt einmal die Geschichte vom Schauspieler Nesselgrün, dem es plötzlich einfiel, sein ihm zustehendes Weihnachten im August zu feiern – und unter unendlichem Hallo geht denn diese deplatzierte Festlichkeit auch vor sich. Aber wir haben doch gelacht, als wir das lasen. Könnten wir andern das auch? Es ist wohl nicht nur die Furcht, uns lächerlich zu machen – es muss noch etwas anderes sein.

Der Grund, dass wir wirklich – jedes Weihnachten – in jedem Jahr – immer aufs Neue imstande sind, genau um den 25. Dezember herum die gleichen starken Gefühle zu hegen, liegt doch wohl darin, dass sie sich angesammelt haben. Es muss doch irgendetwas da sein, das tropfenweise anschwillt, das ganze Jahr hindurch.

Schließlich ist doch der Kalender etwas ganz Äußerliches, Relatives, wir sind in gewisser Hinsicht mit ihm verwachsen – aber die Zeit ist nicht in uns, wir sind in der Zeit. Und das kleine Blättchen, das den Vierundzwanzigsten anzeigt, ist kein Grund, es ist ein Signal und ein Anlass.

Ich habe immer das Gefühl, als ob wir jede Woche im Jahr weihnachtliche Empfindungen genug aufbrächten – aber gute Kaufleute, die wir sind, legen wir sie ›in kleinen Posten‹ zurück, bis es sich einmal lohnt. Im Dezember ist dann das Maß meist voll.

Ist es nicht schließlich mit jedem Gedenktag so –? Warum sollen wir gerade am neunzehnten an sie denken, und warum nicht einen Tag später –? ›Heute vor einem Jahr –‹ ach Gott, entweder wir empfinden immer, dass sie auf der Welt ist – oder wir empfindens am neunzehnten auch nur konventionell. Gefühle nach dem Kalender –: das geht nur, wenn der Kalender sie ins Rollen bringt.

Gefühle nach dem Kalender … Wir haben alle nur keine Zeit, um gut zu sein, wie? Wir haben nur alle keine Zeit. Und müssen tausend- und tausendmal herunterschlucken und herunterdrücken und sind vielleicht im Grunde alle froh, allweihnachtlich einen Anlass gefunden zu haben, den gestauten Sentiments freien Lauf zu lassen. Wer erst nach dem Kalenderblatt sieht, sich vor den Kopf schlägt und »Ach, richtig!« ruft – dem ist nicht zu helfen.

Vielleicht hat diese neue – ehemals große – Zeit manches am deutschen Weihnachtsfeste geändert. Ich weiß nicht, obs innerlich geworden ist. Es täte uns so not – nicht aus Gründen der Religion, die jedermanns Privatsache ist –, sondern aus Gründen der Kultur. Diesem Volk schlägt ein Herz, aber es liegen so viel Kompressen darauf …

Reißt sie ab. Wagt einmal (was besonders dem Norddeutschen schwer und sauer fällt), wagt einmal, geradeaus zu empfinden. Und wenn euch das Fest nach all dem, was geschehen ist, doppelt lieb, aber doppelt schwierig erscheint, dann denkt daran, wie ihr es im Feld gefeiert habt, und wo – und denkt daran, wie es ein Halt gewesen ist gegen die Lasten des äußern und innern Feindes, und wie schon das Datum, wie schon der Kalender Trost war in verdammt schwarzen Tagen. Und – weil wir hier gerade alle versammelt sind – denkt schließlich und zu guter Letzt – auch an etwas anderes.

Nach dem Kalender fühlen ... Aber habt ihr einmal geliebt ...? Die Damen sehen in ihren Schoß, und die Herren lächeln so unmerklich, dass ich von meiner Kanzel her Mühe habe, es zu erkennen. Also ihr habt geliebt, und ihr – ich sehe keinen an – liebt noch. Nun, ihr Herren, und wenn sie Geburtstag hat? Nun, ihr Herren, und wenn der Tag auf dem Kalender steht, an dem ihr sie zum ersten Mal geküsst habt –? Nun?

Ihr feiert das. Was im ganzen Jahr künstlich oder zufällig zurückgedämmt war – es bricht – wenns eine richtige Liebe ist – elementar an solchem Tage hervor aus tiefen Quellen. Der Tag, dieser dumme Tag, der doch gleich allen anderen sein sollte, ist geheiligt und festlich und feierlich und freundlich – und ihr denkt und fühlt: sie – und nur sie. Nach dem Kalender ...?

Nicht nach dem Kalender. Ihr tragt alle den Kalender in euch. Es ist ja nicht das Datum oder die bewusste Empfindung, heute müsse man nun ... Es ist, wenn ihr überhaupt wisst, was ein Festtag ist, was Weihnachten ist: euer Herz. Lasst uns einmal von dem Festtags-›Rummel‹ absehen, der in einer großen Stadt unvermeidlich ist. Lasst uns einmal daran denken, wie Weihnachten gefeiert werden kann, unter wenigen Menschen, die sich verstehen. Das ist kein Ansichtskarten-Weihnachten. Das ist nicht das Weihnachten des vierundzwanzigsten Dezembers allein – es ist das Weihnachten der Seele. Gibt es das –?

Es soll es geben. Und gibt es auch, wenn ihr nur wollt. Grüßt, ihr Herren, die Damen, küsst ihnen leise die Hand (bitte in meinem Auftrag) und sagt ihnen, man könne sogar seine Gefühle nach dem Kalender regeln: zum Geburtstag, zum Gedenktag – und zu Weihnachten.

Aber man muss welche haben.

Daniel Glattauer

Typologie der Christbaumkäufer

Ohne Weihnachten gäbe es keinen Christbaum, und umgekehrt so gut wie ebenfalls. Nach eigenen Angaben waren es die Deutschen, die mit dem Baumspektakel begonnen haben. Weltweit widerspricht bis heute niemand, man gönnt ihnen also die Urheberschaft dieser auf den ersten Blick etwas schrägen Idee: Irgendwann muss ein gläubiger Germane eine Tanne gesehen und die Inspiration gehabt haben, diese zu schmücken, um der Geburt Jesu zu gedenken. Stellen Sie sich vor, es wäre ein Buschwindrosen- oder Hagebuttenstrauch gewesen – das Weihnachtsfest wäre heute nebst familiärer Psychobelastungsprobe auch noch ein Gemetzel.

Jedenfalls muss der erste Nadelbaumdekorateur ein begnadeter Marketingstratege gewesen sein, denn große Teile der christlichen Gemeinschaft kamen spätestens im 19. Jahrhundert auf den Geschmack, es ihm gleichzutun.

Aus Witterungsgründen wurde das Zeremoniell bald ins Innere verlegt, die Wurzeln blieben im Wald, die Weihnachtsbaumständer-Industrie blühte.

Die geholzten Nadelbäume selbst werden noch heute auf Tausenden Plätzen öffentlich feilgeboten – und gekauft. Allein in Deutschland gibt man für jährlich 30 Millionen Weihnachtsbäume mehr als 600 Millionen Euro aus.

Der Christbaumkauf ist eine der wenigen verbliebenen maskulinen Domänen, die mit Aufwand ohne Anerkennung und ohne Aufstiegschancen verbunden sind. Schon deprimierend, dass jeweils am Ende des Jahres für Männer noch dieser harte Brocken »Hausarbeit« anfällt, als hätte man in den elf Monaten davor nicht schon genügend Mistsäcke in die Mülltonnen geworfen, nicht genügend Grillkohle zur Glut gebracht und schadhafte Glühbirnen ausgewechselt. Aber egal. Die Beschaffung eines Weihnachtsbaumes lässt mitunter mentale Kräfte frei werden und Leidenschaften entflammen, die seit der Kindheit im Verborgenen geschlummert haben. So ähnlich Männer einander sind, wenn sie in ihren Fahrzeugen sitzen, so unterschiedlich präsentieren sie sich auf den Weihnachtsbaumstandplätzen. Folgende Christbaumkäufertypen können mit freiem Auge erkannt und beobachtet werden:

Der Baummuffel

Er ist ein pathologischer Stadtmensch und leidet unter jeder Art von Vegetation, nicht nur beim Essen. Für ihn gehören Bäume in den Wald und Wälder ins Schwarze Meer. Die Vorweihnachtszeit überlebt er am Punschstand. Christbaumstände machen ihn, je nach Wirkung des Punsches, depressiv oder aggressiv, denn ihm ist gewiss: Auch er wird einen Baum aufstellen müssen, sonst wird es seine Frau tun, und das wäre kein Beitrag für den Weltfrieden.

Der Bauminimalist

Tätig werdender Baummuffel. Er nutzt seinen lichtesten Moment im Advent, fährt mit dem Auto zum nächstgelegenen Verkaufsstand und verlangt, ohne sich umzusehen, nach einem Baum. Zur Präzision gezwungen, ringt er sich die Erläuterung »Nadelbaum« ab. Seine Kriterien: Das Ding darf nahezu nichts kosten, es muss ihm wenigstens bis zum Nabel reichen, und wenn man es schief anschaut, darf es nicht alle Nadeln gleichzeitig verlieren. Nach dem Kauf schultert der Bauminimalist das zugeschnürte Geäst und versenkt es im Kofferraum. Den Rest-Advent verbringt er mit Trübsinn und Schaudern vor dem Jüngsten Tag, an dem sich der Kofferraum öffnen und die Knochenarbeit beginnen wird.

Der Baumschwärmer

Vorsicht, liebe Christbaumverkäufer! Dieser Mann braucht viel Zeit und Zuwendung. Er arbeitet hier bei Ihnen frühkindliche Traumata auf. Sie erkennen ihn am glasig verklärten Blick, mit dem er über Stämme, Äste, Zweige und Wipfel streicht. Er ist ein Suchender. Menschen für dauerhafte Beziehungen hat er bereits genügend gesichtet, erduldet oder überdauert. Was ihm fehlt, ist der Weihnachtsbaum, der mit ihm durchs Leben geht, dessen Glanz im Kerzenlicht nie verblasst. Jahr für Jahr probiert er es mit einer neuen Tanne oder Fichte, die ihm ewige Treue signalisiert. Und doch weiß er es bereits: Auch sie wird ihn spätestens im Februar verlassen.

Der Baumbeäuger

Auch dieser häufig vertretene Typ betreibt regen Aufwand bei der Suche. Geht es dem Baumschwärmer um die inneren Werte, so ist der Baumbeäuger ausschließlich an Äußerlichkeiten interessiert. Die einen bevorzugen die langen Dünnen, die leptosomen Tannen und Fichten. Andere zieht es zu den kleinen Bummeligen, den pyknisch Veranlagten. Am beliebtesten sind die kräftigen, gut gebauten, athletischen Bäume mit gestählten Stämmen und breiten Ästen. Manche lieben den Baumbewuchs dicht, buschig und dunkel, andere dünn, schütter und licht. Für beinahe alle Beäuger genießt die Symmetrie des Baumes oberste Priorität. Unverzeihlich sind krumme Stämme, zu kurz geratene Äste und – ähnlich dem Dilemma in der Literatur – kein eindeutiges Ende.

Der Baumingenieur

Für ihn ist der Christbaum saisonales Mobiliar und die Auswahl reine Vermessungssache. Er betritt den Verkaufsstand stets gut ausgerüstet, mit Fotoapparat, Wohnungsplänen, Maßband und Wasserwaage. Leider ist der Fall äußerst kompliziert: Sollte die Spitze des obersten Baumzweiges weniger als 2,35 Meter vom diametral entgegengesetzten untersten Ast-Ende entfernt sein, dann darf der sich daraus ergebende Winkel zum Stamm bei einer zu erwartenden Baumhöhe von 2,12 Meter 67 Grad nicht überschreiten, sonst müsste man die Stehlampe von der Urgroßmutter um 30 Zentimeter kürzen, was bei Stehlampen gar nicht so einfach ist. Sie meinen, man könnte die Stehlampe auch woandershin stellen, um für den Baum Platz zu schaffen? Nein! Sie stand immer dort, und sie war eindeutig zuerst da, wie schon die Urgroßmutter. Und wenn nicht bald ein passender, maßgeschneiderter Christbaum gefunden ist, dann wird zu Weihnachten eben erstmals die Stehlampe aufgeputzt. Das spart Nerven. Und Kerzen.

Der Baumseelsorger

Niemals würde er riskieren, seinem Sitznachbarn in der U-Bahn zu nahe zu treten. Freunde und Verwandte lässt er zwar reden, doch nur im Stillschweigeabkommen, dass er nicht zuhören muss. Aber bei seinem Christbaum kennt er keine Berührungsängste. Innerhalb weniger Minuten weiß er alles über ihn: Woher seine Wurzeln kommen, welcher Gegend er entstammt, wie weitschichtig er verzweigt ist, in welchen Verhältnissen er aufgewachsen ist, wie rauh das Klima in den ersten drei Lebensjahren war, ob er auch sonnige Seiten erleben durfte, wie sehr die Vollmondnächte auf sein Gemüt gedrückt haben, wie hart man ihn angepackt hat, welche Schäden er davongetragen hat, wie es ihn überhaupt hierher verschlagen hat, ob er gar Opfer von Schlepperbanden geworden ist. Zumindest für ein paar Tage, dafür bürgt der Seelsorger, soll der Baum in wirklich gute Hände geraten und die Schatten seiner Vergangenheit hinter sich lassen.

Der Baumabenteurer

Dieser Typ ist latent gesetzlos, aber dank Weihnachten wurde er nie straffällig: Seine kriminelle Energie lädt sich über elfeinhalb Monate kontinuierlich auf und erschöpft sich schließlich in einem einmaligen Kraftakt, einer listigen vorweihnachtlichen Nacht-und-Nebel-Aktion. Wie bemitleidenswert erscheinen ihm all diese weichen, rückgratlosen Familienväter, die durch die Reihen geschlichteter Baumleichen auf Asphalt promenieren und ihre scheinheiligen Geschäfte abwickeln, um die Finger nicht schmutzig zu machen. Unser Mann ist von einem anderen Schlag. Er holt seinen Baum aus dem Wald, und koste es ihn sämtliche Zähne (seiner Säge). Daheim zeigt er den Kindern die Spuren des Kampfes, seine Verletzungen und Schwielen an den Händen und die Nadeleinstiche im Gesicht. Sollte er kinderlos sein, zeigt er sie seiner Frau. Sollte er weder Frau noch Kinder haben, lässt er sich von der Mama verarzten.

Der Baumretter

Sein Ehrgeiz ist es, in der letzten Sekunde vor dem Fest die letzte Gelegenheit zu nutzen, am letzten noch geöffneten Verkaufsstand den letzten aller übriggebliebenen Bäume zu erwerben – und zwar gratis, weil er der letzte Interessent ist, der diesem letzten Baum noch eine letzte Chance gibt, nicht schon vor dem Heiligen Abend unbenutzt, ungeschmückt, ungepriesen, unbeleuchtet und unbesungen im Baummüllcontainer zu verenden.

David Riedel-Hoffmann

Im Sommer 2007 hat er einem Tannenzapfen ein Samenkorn entnommen und dieses in einem riesigen Keramiktopf eingesetzt. Vor ebendiesem findet seit drei Jahren am Heiligen Abend die Bescherung statt. Ein Jahr wartet er noch, dann ist Tochter Nina vier. Dann wird sie sowohl den Glauben als auch den Gefallen an Papas einzigartigem unterirdischen Christbaum verloren haben.

Martin Suter

Eine Führungskrise

Strasser betritt das Unternehmen in der Regel durch die Tiefgarage und nimmt den Lift in den Zwölften. Deshalb sieht er den Christbaum erst am Nachmittag auf dem Weg zum großen Sitzungszimmer. Er durchquert den Empfang und memoriert dabei die Namen der Teilnehmerliste auf dem Sitzungsprotokoll. Erst als er am Kopfende des Sitzungstischs Platz genommen hat, kommt es ihm vor, als sei er soeben an einem Christbaum vorbeigegangen. Er steht wieder auf, geht vor die Tür und tatsächlich: ein Christbaum, mannshoch, Schwerpunktfarbe Silber. Er blickt sich um und begegnet dem Lächeln von Frau Thielmann, Empfang und Telefon. Er nickt ihr zu und geht zurück ins Sitzungszimmer.

Während des Meetings ist Strasser abgelenkt durch den Christbaum. Seit er dem Unternehmen vorsteht (und auch in der Zeit davor), hat im Empfang noch nie ein Christbaum gestanden. Er kann sich auch an keinen formellen oder informellen Beschluss erinnern, daran etwas zu ändern. Christbäume fallen zwar nicht in die Kompetenz des Topmanagements. Aber Christbäume im Empfangsbereich gehören zum Erscheinungsbild des Unternehmens, und somit zur Corporate Identity. Und diese ist Chefsache.

Die Tatsache, dass sich jemand in sein Revier gewagt hat, beschäftigt ihn während einer längeren Power-Point-Präsentation zu einem Thema, das er nicht mitbekommen hat. Ist der Baum eine Eigeninitiative von Frau Thielmann, Empfang und Telefon? Oder hat er es mit einem strategischen Vorstoß aus der Managementebene zu tun? Im ersteren Fall müsste er die Aktion mit Wohlwollen aufnehmen, denn Eigeninitiative gilt seit der Neufassung des Organisationshandbuchs vor vier Jahren bis zu einem gewissen Grad als erwünscht.

Im anderen Fall müsste er hart durchgreifen. Angriffe auf seine Kompetenzen aus dem Umfeld potentieller Nachfolger müssen im Keim erstickt werden. Er geht die Liste der möglichen Täter durch. Es kommen alle in Frage.

Er hebt die Sitzung mit ein paar Schlussbemerkungen auf, die den Eindruck erwecken, er hätte mitbekommen, worum es ging. Im Büro befragt er seine Assistentin so beiläufig wie möglich über die Hintergründe der Christbaumsache. Zu seiner Erleichterung stellt sich heraus, dass die Initiative dazu von Frau Thielmann ausgegangen und von Beiträgen aus dem Mitarbeiterstab finanziert worden ist.

Beim Verlassen des Unternehmens geht er am Empfang vorbei und weist Frau Thielmann wohlwollend, aber bestimmt an, ein paar Kugeln umzuhängen, das Engelshaar zu reduzieren, da und dort etwas Lametta hinzuzufügen.

Und die silberne Spitze gerader auszurichten.

Axel Hacke

Schnoderer

Noch dreizehn Wochen bis Weihnachten. Aber im Grunde habe ich jetzt schon alles versaut.

Ich wollte mich nämlich diesmal rechtzeitig um die Geschenke kümmern. Alles anders machen als sonst. Nicht mehr so auf den letzten Drücker… Keine Verzweiflungsaktionen am 24. Dezember morgens. In der Vorweihnachtszeit dann sehr entspannt sein. Wollte ich. Alles. So machen.

Folgendermaßen: Es ergab sich kürzlich, dass ich mit Paola aus ganz anderem Grund in einem kleinen Juwelierladen war. Wo Paola sich nach diesem und jenem erkundigte und nebenbei einen Ring entdeckte. Der ihr sehr gefiel. Den sie sogleich anprobierte, *en passant,* wie Frauen das so tun. Zu dem sie »sehr schön« sagte und »Ach, der gefällt mir aber gut!« Und: »Findest du nicht auch, dass er mir gut steht?«

Dann legte sie ihn wieder beiseite, und wir verließen den Laden. Verabschiedeten uns voneinander, weil ich ins Büro musste und sie noch dieses und jenes zu erledigen hatte, weshalb sie um die nächste Ecke verschwand.

Ich ging wieder in den Laden zurück. Kaufte den Ring. Weil ich nicht genug Bargeld dabeihatte, bezahlte ich mit der EC-Karte. Als ich wieder auf die Straße hinaustrat, fühlte ich mich beschwingt. Unglaublich erleichtert. Bereits jetzt war ich auf Weihnachten in einer Weise vorbereitet, wie ich es noch nie erlebt hatte. Ich war erstaunt über mich selbst und bewunderte meine eigene Geistesgegenwart. Dass ich die Chance mit diesem Ring sofort erkannt und beim Schopf gepackt hatte!

In dieser Stimmung ging ich in mein Büro. Versteckte den Ring an entlegener Stelle. Und dachte nicht mehr daran. Weihnachten war ja weit, weiter noch als heute.

Eine Woche später hatte ich bei der Bank zu tun und zog Kontoauszüge aus dem Drucker. Entdeckte dort die Abbuchung einer nicht unbeträchtlichen Summe zugunsten einer Firma namens Schnoderer.

Schnoderer?, dachte ich, Schnoderer? Nie hörte ich den Namen Schnoderer? Wie kann ein nicht unbeträchtlicher Teil meines Geldes bei Firma Schnoderer landen, die ich nicht kenne?

Noch auf der Straße zückte ich mein Telefon und rief Paola an. Gab meiner Stimme gleich einen vorwurfsvollen Ton und sagte: »Hast du etwas mit einer

Firma namens Schnoderer zu tun? Hast du dieser Firma nicht eine unbeträchtliche Summe gezahlt? Fändest du es nicht besser, mir vorher etwas zu sagen, bevor du nicht unbeträchtliche Beträge von meinem Konto …?«

»Schnoderer?«, sagte Paola. »So hieß der Juwelier, bei dem wir neulich waren. Sonst kenne ich keinen Schnoderer.«

Mir lief es siedend heiß …

»Ach so …«, stammelte ich. Und dann, so geistesgegenwärtig wie im Moment möglich: »Ja, aber da hast du ja nichts gekauft, oder? Ah, jetzt fällt's mir ein, Schnoderer, so heißt die neue Firma, bei der man seine Zahnarztrechnungen bezahlt. Hieß sie nicht früher *Dentofinanz*? Na ja, entschuldige …«

Ich legte auf. Aber bevor ich auflegte, hörte ich ein leises Kichern.

Weihnachten werde ich mit diesem Ring nicht kommen. Nicht kommen können. Es wäre keine Überraschung mehr. Aber wenn sie den Ring nicht bekommt, wird sie vielleicht enttäuscht sein, was? Sie hatte ihn doch gemocht.

Sie wartet jetzt quasi auf ihn.

Dreizehn Wochen. Und ich bin ein Idiot.

Georg Kreisler

Weihnachten bringt alles durcheinander

Ich wasch mich jeden Morgen so um sieben,
geh jeden dritten Mittwoch zum Ballett,
schreib meiner Mutter jeden Elften
und in beiden Monatshälften
geh ich einen Tag besonders früh zu Bett.
Ich schwimm im Sommer dienstags nach der Arbeit
und kriege jeden Fünfzehnten mein Geld.
Ich darf an jedem Achten
bei der Käthe übernachten,
wenn der Neunte nicht auf einen Montag fällt.

Ich esse mittags stets in der Kantine.
Dort isst man billig, wenn auch schlecht.
Ich fahre jeden Sonntag raus ins Grüne,
und wenn es regnet, dann erst recht.

In andern Worten, ich bin sehr zufrieden,
ich hab mein Leben sorgsam arrangiert,
nur Weihnachten bringt alles durcheinander,
durcheinander, durcheinander.

Die Leute bevölkern die Straßen
bis spät in den Abend mit tausend Paketen
und sind so zerstreut und verworren
und irgendwie glücklich, man könnte sie treten.

Ich irre umher und ich weiß nicht wohin
und mein Leben wird zum Labyrinth,
in dem ich warten muss,
bis der Alltag wieder beginnt.

Der Alltag kommt und mit ihm die Freude.
Ich darf mich wieder kurz nach sieben rasieren,
trink abends meinen Schoppen,
darf mir Untergebene foppen
und mir allzu Untergebene ignorieren,
darf wieder meine Vorgesetzten grüßen –
nach Weihnachten erwidern sie's nicht so schnell –
darf wieder streng vermeiden,
mich so weit zu unterscheiden,
dass man glaubt, ich wäre individuell.

Ich gehe durch die Straßen mit Migräne
und lächle niemals, wo ich geh.
Ich zeige überhaupt nie meine Zähne,
außer beim Zahnarzt, da tut's auch weh.

In andern Worten, ich bin sehr zufrieden.
Mein Leben ist vor allen Dingen ernst.
Nur Weihnachten bringt alles durcheinander,
durcheinander, durcheinander.
Denn plötzlich erwartet man grundlos,
ich solle die ärmeren Leute bedauern,
womöglich am Boden mit rotzigen Kindern
bei 'nem schäbigen Tannenbaum kauern.
Zu Weihnachten wird die Bevölkerung verrückt,
jeder Bettler bekommt Appetit.
Da muss man stark sein,
sonst macht man am Ende noch mit.

Von Zeit zu Zeit betracht ich meine Umwelt.
Die meisten Menschen halten ziemlich dicht.
Man arbeitet, man frisst was,
manchmal fühlt man, man vermisst was,
aber trotzdem tut man immer seine Pflicht.
Man fährt zur Kirche oder nach Italien,
man kauft sich erst ein Auto, dann ein Haus,
man kriecht entlang des Lebens –
dass man jung war, war vergebens –
und man sucht sich einen Lieblingsfilmstar aus.

Man ließe sich fürs Vaterland zerlegen,
man wählt den Kanzler, schreit hurra

und geht der Zukunft frohgemut entgegen.
Erst wenn sie da ist, ist sie da.

In andern Worten, ich bin sehr zufrieden.
Die meisten Leute sind genau wie ich.
Nur Weihnachten bringt alles durcheinander,
durcheinander, durcheinander.
Die Menschen vergessen die Zukunft,
vor allem diejenige, die schon gewesen.

Sie kaufen einander Geschenke,
darunter auch Bücher, die könnten sie lesen.
Zu Weihnachten ziehn sich die Völker zurück,
man wird weich und empfindsam und schlapp.
Deutschland erwache! Schaff Weihnachten ab!

Doris Dörrie

Eine polnische Weihnachtsgans

Als Dorota Kowalska am Morgen des 24. Dezember in Nowy Dwár in den Spiegel sah, dachte sie: Warum schenke ich Hubert nicht einfach meine neue Nase zu Weihnachten? Sie holte ihren Koffer unter dem Bett hervor, packte ihre höchsten Stöckelschuhe, ein blutrotes Stretchkleid und die Rubinkette ihrer Großmutter ein, eilte noch im Nachthemd und in den verdreckten Gummistiefeln ihres Vaters über den Hof ins Kühlhaus und nahm dort eine der letzten tiefgefrorenen Gänse vom Regal. Ihrem Vater schrieb sie einen Zettel: Sei nicht böse. Ich muss nach München. Ich kann nicht anders. Es ist die Liebe. Dorota.

Sie legte die tiefgefrorene Gans in den Koffer auf das rote Kleid, was so aussah, als blute das arme Tier noch, und das einzige, was Dorota über diesen grausigen Anblick hinwegtröstete, war die Tatsache, dass diese Gans eine garantiert glückliche gewesen war, die ihr 15-wöchiges Leben in Freiheit verbracht und sich von Gras ernährt hatte, weil für den Vater

Tiermehl oder Mais einfach zu teuer war. Dorota hatte ihn immer wieder gedrängt, seine Gänse Biogänse zu nennen und mindestens das Doppelte zu verlangen, denn das hatte sie bei der Familie in Schwabing gelernt, die sich ausschließlich von schier unbezahlbaren Bioprodukten ernährte, aber der Vater strich ihr nur zärtlich über das Haar und sagte kopfschüttelnd: Ach, die Deutschen, was die dir so alles beibringen.

Der Kofferdeckel beulte sich über dem eiskalten Gänsekörper, und als sie ihn zum Frühbus schleppte, kam es ihr vor, als wiege er Tonnen. Vielleicht hatte sogar sie dieses Gänseei seinerzeit aufgesammelt und in den großen Brutkasten getragen, vier Wochen das Gössel im Stall gefüttert und es dann, als es groß genug war, um nicht von einer Elster geholt zu werden, mit seinen 999 Kollegen auf die Wiesen gescheucht. An ein Leben ohne Gänsegeschnatter konnte Dorota sich nicht erinnern. Wenn sie anfangs vor Heimweh in München wach lag und nicht schlafen konnte, dann dachte sie an den weiten hellblauen Horizont über den zartgrünen Wiesen und an das Geschnatter der Gänse.

Nur um Weihnachten herum wurde es totenstill. Da aßen die Deutschen ihren Gänsebraten, und sie mit ihrem Vater wie die meisten Polen Karpfen. Niemals hätte sie Gans gegessen. Nie.

Sie würde Hubert einfach überraschen. Vorsichtig die Tür aufschließen, ins Wohnzimmer schleichen und vor ihm stehen: Hier bin ich, dein Weihnachtsgeschenk. Und die Weihnachtsgans habe ich auch mitgebracht. Sie stellte sich Hubert in seiner Wohnung vor, allein mit den düsteren Möbeln seiner Mutter, die sie jede Woche mit Holzpflegemittel einrieb, sie sah ihn vor sich, wie er an Heiligabend einsam und traurig von einem dunklen Zimmer ins andere tappte, während draußen die Weihnachtsglocken klangen und in den Fenstern gegenüber die Weihnachtsbäume leuchteten.

Vor fast einem Jahr hatte Dorota angefangen, seine Wohnung zu putzen, und während sie putzte, saß Herr Bosch vor seinem Computer, schrieb seine Filmkritiken und tat die ersten Monate so, als bemerke er sie überhaupt nicht. Während sie um ihn herum saugte, wischte und polierte, verliebte Dorota sich in seinen Nacken, besonders die feinen Härchen seines Haaransatzes, die sie an Gänseflaum erinnerten. Sie fing an, ihm Blumen auf den Tisch zu stellen, seinen Kühlschrank zu füllen, und nachts häkelte sie ihm Kissenbezüge. Als er sie nach genau drei Monaten und sieben Tagen dann endlich doch bemerkte, lag Dorota im Handumdrehen nackt auf seiner Couch und wunderte sich über die plötzliche Wendung.

Von da an putzte sie umsonst und nannte es Liebe. Hubert hatte einiges an ihr auszusetzen, aber dafür war er ja Kritiker. Er bemängelte ihre Figur, also aß sie keine Pommes frites mehr zum Frühstück, er mochte generell keine Farben (was sich Dorota damit erklärte, dass er Schwarzweißfilme bevorzugte), also versuchte sie, sich möglichst unauffällig zu kleiden, er mochte es nicht, wenn ihr Bauch unbedeckt war, also bedeckte sie ihn züchtig, er mochte ihre Frisur nicht, also änderte sie sie, aber dann fiel ihm auf, dass ihre Nase sehr groß sei. Überdurchschnittlich groß. »Wer hat dir eigentlich diesen Zinken vererbt?«, lachte er, und da sah es Dorota selbst. Mitten in ihrem relativ kleinen Gesicht saß die riesige Nase ihres Vaters und ihrer Großmutter. Wie hatte sie diese Nase all die 22 Jahre ihres Lebens übersehen können? Sie weinte eine ganze Woche lang, dann ging sie Nachtschichten putzen, einhundert Tage lang, fuhr nach Warschau und ließ sie sich verkleinern.

Fünf Wochen nach der Operation sah sie immer noch so aus, als sei sie in eine üble Schlägerei geraten. Hubert erzählte sie, sie sei gegen eine Glastür gerannt, aber er glaubte ihr nicht und drang so lange in sie, bis sie in ihrer Not herausplatzte, ihr Vater habe sie geschlagen. Hubert nickte ernst, als habe er das immer schon geahnt, während Dorota an Scham fast erstickte. Ihr weicher, freundlicher Vater, ausgerechnet er, der niemals verstanden hätte, warum seine Tochter einem Mann wie Hubert gefallen wollte, einem griesgrämigen, hässlichen, noch dazu viel zu alten Kerl, dem sie ihre aristokratische Nase geopfert hatte, die sie doch schließlich von ihm und er von seiner Mutter geerbt hatte, ihrer Großmutter, deren Rubinkette sie um den Hals trug.

Das schlechte Gewissen und ihre schmerzende Nase waren zu viel für Dorota. Am gleichen Tag noch setzte sie sich in den Zug nach Polen, stieg genau acht Mal um, um in tiefster Nacht zusammen mit Hunderten von Pilgern ein kleines Holzkreuz auf den heiligen Berg von Grabarka zu tragen. Mit einem Tuch wusch sie sorgfältig ihre neue Nase in einer Quelle mit heiligem Wasser, hängte dieses Tuch in einen Baum, damit es am nächsten Morgen von den Nonnen verbrannt wurde, und siehe da, schon am nächsten Tag fühlte sie sich nur noch halb so schuldig, schließlich war es doch Liebe! – und zwei Wochen später war ihre Nase abgeschwollen und klein und süß und wunderbar, und das alles, obwohl sie noch nicht einmal orthodox war, sondern katholisch.

Es hatte sich doch gelohnt. Sie war jetzt ein anderer Mensch, den Hubert uneingeschränkt lieben können würde. Zu Weihnachten sollte er eine funkelnagelneue Dorota bekommen.

Die Gans in ihrem Koffer begann langsam aufzutauen, was nur gut war, denn sie sollte in weniger als 20 Stunden bereits in Huberts Backofen langsam vor sich hinbrutzeln. Mit Bier würde Dorota sie immer hübsch begießen, ganz genau so, wie Hubert die legendäre Weihnachtsgans seiner Kindheit geschildert hatte, und dann würde sie Hubert zuschauen, wie er glücklich eine glückliche Gans aß, eine Gans der Familie Kowalska, die Gras gefressen hatte und deshalb fettarmes, feines Fleisch hatte, nicht wie ihre zwangsernährten Verwandten, denen mit einer Maschine vier bis fünf Mal am Tag ein Kilo Mais mit einem Schlauch in den Magen gepumpt wurde, bis die Tiere am Ende vor Pein keuchten und torkelten.

Sie würde Hubert rundherum glücklich machen. Dorota legte ihre Wange an die kalte Fensterscheibe des Zuges. Draußen wurde der Himmel dunkelsamtblau und der Schnee glitzerte. Bald würden in Nowy Dwár alle aufs Feld gehen und auf den ersten Stern warten. Ihr Vater hatte ihr erzählt, Stern, *gwiazda*, sei ihr erstes Wort gewesen. Um zehn war Christmette, und um Mitternacht würden die Tiere sprechen. Das glaubten alle in ihrer Familie. Als Kind hatte Dorota einmal laut und deutlich eine Katze gehört, aber was die Katze gesagt hatte, hatte sie leider vergessen.

Sie seufzte und befingerte nervös ihre nach wie vor erstaunlich kleine Nase. In weniger als zwei Stunden würde sie Huberts Tür aufschließen.

Den Schlüssel hatte er ihr gleich am Anfang gegeben – nicht ohne ihren Ausweis zu fotokopieren. Reine Vorsichtsmaßnahme. Sie solle es bitte nicht persönlich nehmen, aber man wisse ja nie. Sie hatte gelächelt, obwohl sie verletzt war. Später lächelte sie, als er sagte: meine kleine polnische Mastgans. Oder: Deine Haare sehen aus wie ein Vogelnest. Oder: Mit deiner Nase müsstest du so gut riechen können wie ein Hund, groß genug ist sie ja. So war er halt, der Hubert, sagte sie sich, ein bisschen grob, aber das brachte sein Beruf wohl so mit sich.

Es brannte Licht im Flur. Im Wohnzimmer hörte sie eine Frauenstimme, ein Frauenlachen. Er sah fern, der Arme, an Heiligabend!

Vorsichtig stellte Dorota den Koffer ab, zog leise ihre dicken Stiefel aus und schlich auf Strümpfen zur Wohnzimmertür. Abermals hörte sie die Frauenstimme.

Sie kam nicht aus dem Fernseher.

Mit dem Koffer in der einen und den Stiefeln in der anderen Hand rannte Dorota die Treppen hinunter. Keuchend vor Wut, Scham und Schmerz versteckte sie sich wie ein Kind unter dem Treppenabsatz zum Keller. Unablässig sah sie dieselben Bilder vor sich: ein nacktes Frauenbein über dem Sessel, silberne Stöckelschuhe und die Socken von Hubert auf dem Teppich, sein Nacken mit dem Gänseflaum, seine nackten Schultern, eine Frau, die den Kopf nach hinten warf, dass die Haare flogen, und die sie sofort erkannte. Connie, die Fernsehkritikerin, deren Konterfei jeden Tag in der Tageszeitung abgebildet war. *Connie sieht heute*. Was sah Connie an diesem Heiligabend?

Eine junge Frau in Strümpfen und Daunenjacke mit blonden Haaren und einer sehr kleinen, eleganten Nase, die plötzlich in der Wohnzimmertür stand, den Mund auf- und zuklappte wie ein Karpfen und sie anstarrte.

Meine Putzfrau, keuchte Hubert, meine polnische Putzfrau.

Dorota legte sich zusammengekrümmt auf ihren Koffer unter die Treppe. Sie wusste nicht, wohin.

In ihr Zimmerchen bei der Familie, auf deren drei Kinder sie aufpasste, konnte sie nicht, die Familie war über Weihnachten verreist, und den Schlüssel hatte sie abgeben müssen. Nehmen Sie es bitte nicht persönlich, hatte der Vater gesagt, aber wir haben Geschichten gehört, die glauben Sie nicht!

Dorotas Nase schmerzte empfindlich beim Weinen. Es war das erste Mal, dass sie mit ihr weinte. Begleitet von Weihnachtsmusik und Glöckchenklingeln aus dem ganzen Haus, wimmerte Dorota vor sich hin, bis über ihr eine Haustür schlug und ein lautes Schluchzen zu hören war, das, begleitet von Stöckelschuhgeklapper, immer näher kam.

Dorota hielt in ihrem eigenen Weinen inne und lugte über das Geländer. Selbst im dunklen Treppenhaus erkannte sie sie. Connie. Erst nur ihren Kopf, *Connie sieht heute,* und dann die ganze Connie. Ihr Kleid stand halb offen, ihren Mantel zog sie hinter sich her, schluchzend kam sie die Treppe hinunter, so nah an Dorota vorbei, dass diese ganz genau Connies rotgeweinte Nase betrachten konnte, die eindeutig größer war als ihre, und Connies Frisur, die jetzt auch eher einem Vogelnest glich. Leise fragte Dorota ins dunkle Treppenhaus: Und was hatte Hubert an Ihnen zu kritisieren?

Mein Hals!, schluchzte Connie. Er hat gesagt, ich hätte einen Hals wie ein Truthahn!

Wie ein Truthahn?

Ja, heulte Connie, und sein kleines Spanferkel hat er mich genannt.

Spanferkel, sagte Dorota befriedigt, auch nicht besser als polnische Mastgans.

Was?

Ach, sagte Dorota und putzte sich vorsichtig die Nase, vielleicht ist das jetzt eine blöde Frage, aber haben Sie eigentlich schon eine Weihnachtsgans?

Und so kam es, dass am 1. Weihnachtstag Connie und Dorota an einem fein gedeckten Tisch in Connies Wohnung vor einer knusprigen Gans saßen, von der Dorota allerdings nichts nahm.

Du solltest wenigstens probieren, sagte Connie und nahm sich die zweite Keule, das ist die beste Gans meines Lebens.

Ich kann nicht, sagte Dorota, sie hat zu mir gesprochen.

Wer?

Sie, sagte Dorota und deutete auf den Gänsebraten.

Sie?, sagte Connie vorsichtig. Eine tote Gans?

Ich habe sie gehört. Ganz genau. Um Punkt Mitternacht.

Was hat sie denn gesagt?

Dorota lächelte. Du dumme Gans.

Was?

Du dumme Gans, hat sie gesagt. Laut und klar.

Du dumme Gans?

Ja, du dumme Gans, sagte Dorota.

Connie hob ihr Glas. Da hat sie wohl mich gemeint, seufzte sie.

Oder mich, lachte Dorota und nahm ebenfalls ihr Glas. Schöne Weihnachten.

Gerhard Polt

Der Rauschgoldengel

Der Kraftfahrer Hofinger war Kraftfahrer von Beruf. Ansonsten hatte er viel Freude am Durst. Diese Freude hielt er gewissenhaft mit Bier und Schnaps aufrecht.

So begab es sich, dass Hofinger an einem herrlichen Heiligen Abend Nachmittag, voller Schnee und Kälte, der Wirtschaft Zum Atzinger zustrebte, um sich dort auf die Feierlichkeiten des Tages gebührend einzustimmen.

Zum Entree genehmigte er sich in kleinem Kreise – es waren noch der Emigrant Kovacs und der Trambahner Gerstl dabei – sieben Weißbier und flankierend dazu diverse Obstler.

Als dann der Lärm draußen auf der Straße langsam einschlief, begann Hofingers Weihnachtsstimmung zu knospen, und dementsprechend genoss er den Weihnachtsbock, ein Getränk, welches extra für die hohen Festtage hergestellt wird. Aus der Musiktruhe erscholl Countrymusik, und gleichzeitig aus einem anderen Geräuschspender, also sozusagen synchron, informierte einen der Heimatsender präzise über den gesamten Weihnachtsverkehr im Freistaat.

Diese Beschaulichkeit stimulierte den Hofinger bewegt zum ersten inbrünstigen »Stih-hi-le Nacht, ha-li-ge Nacht …«. Der Emigrant stimmte sogleich mit ein und verbreitete Seliges. Hofinger unterbrach verblüfft: »Ja, was bist 'n nachert du für oana? Bist etz du a Asylant oda a Dissident oda a Flichtling, oda gar a Mafioso? Ha, ha?!« Hofinger war beeindruckt. »Singt der *Stille Nacht*!«

Kovacs beantwortete diese Fragen nicht, jedenfalls nicht an diesem Weihnachtsabend im Atzinger. Er hielt sich lieber an den Bock und feierte. Gerstl hingegen trank eine vulgäre Halbe nach der anderen, freilich ab und zu durch einen Nikolaschka unterbrochen gegen »des siaße Zeig, des wo oam an Weihnachtn oiwei an Mogn vapappt«.

Da der Atzinger keine Wärmestube mit »open end« war, speziell an Festtagen wie diesen, erfolgte um sieben Uhr die unerbittliche Räumung. In der ernüchternd kalten Winterluft animierte Gerstl: »Geht's weida, i hab scho no a paar Tragl am Balkon. Na wartma hoid bei mir aafs Christkindl!«

Gerührt willigten die beiden anderen ein. Auf »O du fröh-liche-he …« folgte bald *Wir lagen vor Madagaskar* und *Marina, Marina*. Die Stimmung konnte nicht besser sein.

Beim Hofinger tat das vierundzwanzigste Bier, noch dazu eisgekühlt, seine Wirkung. Abrupt riss es ihn von der Liedertafel in Richtung Toilette. Ob er selbst noch merkte, dass es bereits zu spät war, ist nicht überliefert.

Nachdem das Duett das gesamte verfügbare Liedgut verbraucht hatte, bemerkte Kovacs: »Wo iss Hofinger? Heim sssu Familie, oder was?«

»Ja Herrschaft, wo is er denn?!«, fragte auch Gerstl – und fand die Bescherung in seiner Diele.

Was jetzt geschah, muss jeden echten Christenmenschen, der von der allgemeinen Verrohung der Zeit noch nicht ganz versaut ist, bewegen.

Der Trambahner und der Emigrant schleppten den hundert Kilo schweren Kameraden ächzend und stöhnend drei Treppenaufgänge hinunter. Beim Umgreifen entglitt er ihnen hin und wieder, dann donnerte sein Kopf schwer über die steinernen Stufen. Es ging durch die kalte Nacht, vorbei an Tannenbäumen im Lichterglanz und dann, zwei Straßenzüge weiter, durch den Hinterhof nochmals zwei Stockwerke hinauf. Dort legten sie ihn vorsichtig, um den Weihnachtsfrieden nicht zu stören, vor seine Wohnungstüre und schoben ihm fürsorglich den Fußabstreifer unter das zerschundene Haupt. Kovacs, der Mann aus der Fremde, steckte ihm noch eine ungeöffnete Flasche dunklen Bocks der Marke

Hopf zwischen die Finger. Dann verließen sie ihn mit der Gewissheit, die ihrige Christenpflicht voll erfüllt zu haben. In Hofingers Wohnung war der Heilige Abend bereits zelebriert worden. Die Mama mit den drei Kleinen und die Oma, Hofingers leibliche Mutter, hatten die Abwesenheit des Vaters zwar beklagt, aber hingenommen, weil man ja in etwa eh wusste, wie es ausgeht, wenn der Bappa »no amoi schnell a wengerl zum Atzinger neischaut«.

»Pst«, flüsterte die Oma und drehte den Fernseher leise, »i hab draußt was ghört!« Hurtig spurteten die Kinder zur Wohnungstür, öffneten und – »Der Bappa is's …«, riefen sie. »Der Bappa is's! Er liegt im Treppenhaus! Er is hoamkemma … der Bappa!«

Ein Anflug von Frohheit entfaltete sich auf dem Gesicht der Oma, die überhörte, wie es dem Munde der verhärmten Frau Hofinger entfuhr: »Total daschpiem und daschissn. De bsuffane Drecksau, de bsuffane!«

F. Scott Fitzgerald

Ein glückloser Weihnachtsmann

Schuld an der ganzen Sache war Miss Harmon. Ohne ihren törichten Einfall hätte Talbot sich nicht lächerlich gemacht und – aber ich greife vor.

Es war Weihnachtsabend. Heilsarmee-Weihnachtsmänner mit hochroten Nasen verkündeten es durch lautes Klappern ihrer Blechlöffel an gebrechliche Pappkamine. Mit Päckchen beladene alte Junggesellen vergaßen die bange Frage, für wie viele Hausschuhe und Morgenmäntel sie sich am nächsten Tag würden bedanken müssen und tauchten in die Atmosphäre allgemeiner freudiger Erregung ein, die das geschäftige Manhattan erfüllte.

Im Salon eines Hauses an einer sparsam beleuchteten Wohnstraße am östlichen Ende des Broadways saß die Dame, die wie gesagt die Geschichte angezettelt hatte. Sie führte ein halb frivoles, halb sentimentales Gespräch mit einem tadellos gekleideten jungen Mann, der neben ihr auf dem Sofa saß – dies übrigens in allen Ehren, denn sie waren verlobt und wollten im Juni heiraten.

»Harry Talbot«, sagte Dorothy Harmon, stand auf und lachte dem heiteren jungen Herrn ins Gesicht. »Wenn du nicht der unmöglichste Junge bist, der mir je begegnet ist, esse ich die ganze Schachtel mit den grässlichen Pralinen leer, die du mir letzte Woche mitgebracht hast.«

»Man sollte Geschenke stets an der Einstellung des Schenkenden messen. Diese Pralinen haben mich eine Stange schwer verdientes Geld gekostet.«

»Schwer verdientes Geld? Es darf gelacht werden«, spottete Dorothy. »Dir ist ja wohl klar, dass du dein Lebtag noch keinen Cent verdient hast. Golfen und Tanzen – das ist alles, womit du dich ernsthaft beschäftigst. Du kriegst es ja nicht mal fertig, Geld auszugeben, vom Verdienen ganz zu schweigen.«

»Meine liebe Dorothy, ich habe letzten Monat ein anständiges Sümmchen an Schulden zusammengebracht, wie dir mein alter Herr bestätigen könnte.«

»Das nenne ich nicht Geld ausgeben, sondern verschleudern. Ich glaube, du könntest keine fünfundzwanzig Dollar auf vernünftige Art verschenken, und wenn es um deinen Kopf ginge.«

»Aber warum sollte ich fünfundzwanzig Dollar verschenken?«, protestierte Harry.

»Weil das echte Nächstenliebe wäre«, erklärte Dorothy. »Einen Schreibsekretär deinem Vater in

Rechnung zu stellen und an mich schicken zu lassen bedeutet gar nichts, Geld an Fremde zu verschenken aber sehr wohl.«

»Geld verschenken kann doch jeder Trottel«, murrte Harry.

»Meinst du? Ich glaube nicht, dass du im Lauf eines Abends fünfundzwanzig Dollar verschenken könntest, selbst wenn du wolltest.«

»Natürlich könnte ich.«

»Dann versuch's.« Dorothy lief in die Diele, holte ihm Mantel und Hut und drückte ihm trotz seines Sträubens beides in die Hand. »Es ist jetzt halb neun. Um zehn bist du wieder hier.«

»Aber ... aber ...«, stotterte Harry.

Dorothy schob ihn zur Tür.

»Wie viel Geld hast du?«, fragte sie.

Harry holte verdrossen eine Handvoll Geld aus der Tasche und zählte. »Genau fünfundzwanzig Dollar und fünf Cents.«

»Sehr schön. Jetzt hör genau zu, das sind die Bedingungen: Du gehst los und gibst dieses Geld irgendwelchen Unbekannten, aber nicht mehr als zwei Dollar pro Person. Um zehn kommst du wieder und hast nicht mehr als fünf Cents in der Tasche.«

»Aber ich brauche diese fünfundzwanzig Dollar«, erklärte Harry, der immer weiter zur Tür gedrängt wurde.

»Ich muss mich doch sehr über dich wundern, Harry«, sagte Dorothy sanft und schlug ihm die Tür vor der Nase zu.

»Eine blödsinnige Idee, alles, was recht ist«, murrte Harry.

Er ging die Treppe hinunter und hielt inne. Wohin jetzt?

Er überlegte einen Augenblick, dann lief er in Richtung Broadway. Er hatte einen halben Block hinter sich, als ein Herr mit Zylinder auf ihn zukam. Harry blieb stehen, dann gab er sich einen Ruck, ging auf den Mann zu und sagte mit einem liebenswürdig gemeinten Lachen, das mehr wie ein Gurgeln klang: »Frohe Weihnachten, mein Freund.«

»Danke gleichfalls«, sagte der Zylinder und wollte weitergehen, aber Harry ließ sich nicht abwimmeln.

»Mein guter Mann ...« Er räusperte sich. »Darf ich Ihnen etwas Geld geben?«

»Was?«, fuhr der Angesprochene auf.

»Sie brauchen ja vielleicht Geld, um ... äh ... den lieben Kleinen ... eine Flickenpuppe zu kaufen.« Damit, fand er, hatte er glänzend die Kurve gekriegt.

Prompt flog sein Hut in die Gosse, und als er ihn aufhob, war der Mann schon weit weg.

»Fünf Minuten vergeudet«, murrte Harry, während er, von Zorn auf Dorothy erfüllt, seinen Weg fortsetzte. Bei seinem nächsten Versuch würde er anders vorgehen, sich höflicher ausdrücken.

Ein Pärchen kam auf ihn zu – eine junge Dame mit ihrem Begleiter. Harry stellte sich ihnen in den Weg und nahm den Hut ab.

»Weil Weihnachten ist und alle dies oder jenes verschenken, hab ich gedacht …«

»Gib ihm einen Dollar, Billy, damit wir weiterkommen«, sagte die junge Dame.

Billy drückte Harry gehorsam einen Dollar in die Hand, und die junge Dame stieß überrascht hervor: »Wenn das nicht Harry Talbot ist, der hier bettelt!«

Aber das hörte Harry schon nicht mehr. Als er begriffen hatte, dass die junge Dame eine Bekannte war, drehte er sich um, schoss wie ein Pfeil die Straße hoch und verfluchte seinen Leichtsinn, sich auf die Sache eingelassen zu haben.

Er kam zum Broadway, schritt langsam über die breite Straße mit ihren vielen bunten Lichtern und beschloss, das Geld den Gassenjungen zu geben, die hier herumliefen. Um ihn herum war alles in festlicher Vorfreude. Es wimmelte von Passanten, die sich in dem erhebenden Gefühl ihrer eigenen Freigebigkeit eins mit ihren Mitmenschen wussten. Harry kam sich, ziellos weiterschlendernd, seltsam fehl am Platz vor. Er war es gewöhnt, sich bedienen und bedienern zu lassen, hier aber sprach niemand ihn an, und ein, zwei Passanten besaßen sogar die Frechheit, ihm lächelnd »Fröhliche Weihnachten« zu wünschen. Nervös wandte er sich an einen Jungen, der gerade an ihm vorbeilief.

»Hör mal, Kleiner, ich geb dir ein bisschen Geld.«

»Ich will Ihr Geld nicht«, sagte der Junge patzig.

Ziemlich kleinlaut ging Harry weiter. Er versuchte, einem Betrunkenen fünfzig Cents zu schenken, aber ein Polizist tippte ihm auf die Schulter und bedeutete ihm, er möge weitergehen. Vor einem zerlumpten Individuum blieb Harry stehen und flüsterte: »Wollen Sie Geld?«

»Klar«, sagte der Tramp. »Was soll ich machen?«

»Gar nichts«, versicherte Harry.

»Sie wollen mich wohl veräppeln«, grollte der Tramp. »Da suchen Sie sich mal 'n anderen.« Rasch mischte er sich unter die Menge.

Jetzt versuchte Harry, einem vorüberkommenden Pagen zehn Cents in die Hand zu drücken, aber der machte seinen Mantel auf und zeigte auf ein Schild »Keine Trinkgelder.«

Verstohlen wie ein Dieb näherte sich Harry einem italienischen Schuhputzer und legte ihm vorsichtig zehn Cents in die Hand. Aus sicherer Entfernung beobachtete er, wie der Junge verwundert den Dime einsteckte, und beglückwünschte sich. Jetzt brauchte er nur noch vierundzwanzig Dollar und neunzig Cents zu verschenken. Sein jüngster Erfolg brachte ihn auf eine Idee. Er machte vor einem Zeitungsstand halt, ließ vor den Augen des Verkäufers einen Zwei-Dollar-Schein fallen und setzte sich in Trab. Nach einem gekonnten Sprint verlangsamte er unter den befremdeten Blicken der mit Paketen beladenen Passanten den Schritt und klopfte sich im Geist schon auf den Rücken, als er hinter sich rasche Atemzüge hörte, und eben jener Zeitungsboy, vor dem er gerade davongelaufen war, drückte ihm den Geldschein in die Hand und war blitzschnell wieder verschwunden.

Der Schweiß rann Harry von der Stirn. Bedrückt schleppte er sich weiter. Fünfundzwanzig Cents wurde er in einer Sammelbüchse für die Kinderhilfe los. Er hätte gern fünfzig Cents hineingesteckt, aber der Schlitz war zu klein. Seine erste größere Summe waren zwei Dollar für einen Heilsarmee-Weihnachtsmann. Danach hielt er nach weiteren Mitgliedern dieser Zunft Ausschau, aber die hatten offenbar alle schon Feierabend gemacht.

Er überquerte den Union Square, und nach einer halben Stunde geduldiger Mühen hatte er nur noch fünfzehn Dollar zu vergeben. Es schneite nasse Flocken, die auf den Gehsteigen zu Matsch wurden, und seine dünnen Tanzschuhe waren durchweicht, bei jedem Schritt quoll das Wasser heraus. Am

Cooper Square bog er in die Bowery ab. Die Straßen leerten sich rasch, die Geschäfte schlossen, ihre Besitzer gingen heim. Ein paar Jungen johlten, als sie ihn sahen, aber er schlug den Mantelkragen hoch und trottete weiter. In seinen Ohren hallte in leicht spöttischem, aber gütigem Tonfall der Bibelspruch »Geben ist seliger denn Nehmen.«

Er ging die Third Avenue hoch und zählte sein restliches Geld – drei Dollar und siebzig Cents. Durch das dichter werdende Schneetreiben sah er zwei Männer unter einem Laternenpfahl stehen. Das war seine Chance. Er würde seine drei Dollar und siebzig Cents unter ihnen aufteilen. Er ging auf sie zu und tippte einem auf die Schulter. Der, ein hagerer, bedrohlich wirkender Kerl, drehte sich misstrauisch um.

»Hier, Bursche, nimm«, sagte Harry gebieterisch, denn er grollte der Menschheit im Allgemeinen und Dorothy im Besonderen. Der Mann fuhr wütend herum.

»Du bist einer von diesen Typen, die es mit der Wohltätigkeitsmasche versuchen, um uns wegen Bettelei ranzukriegen. Los, Jim, zeig ihm, wer wir sind.«

Und sie zeigten es ihm. Sie prügelten ihn, sie droschen auf ihn ein, sie rissen ihn zu Boden und trampelten auf ihm herum, sie zertraten seinen Hut und zerrissen seinen Mantel, bis Harry keuchend und um sich schlagend im Matsch lag. Er dachte an die Menschen, die ihm an diesem Abend Fröhliche Weihnachten gewünscht hatten. Ein frommer Wunsch!

Miss Dorothy Harmon schlug geräuschvoll ihr Buch zu. Nach elf – und kein Harry in Sicht. Wo steckte er nur? Wahrscheinlich hat er aufgegeben und ist längst zu Hause, dachte sie und streckte die Hand aus, um das Licht auszumachen, als sie draußen ein Geräusch hörte, als sei jemand gestürzt.

Dorothy eilte zum Fenster und zog das Rouleau hoch. Auf Händen und Knien schleppte sich das elende Zerrbild eines Mannes die Stufen hoch, ein Mann ohne Hut, ohne Mantel, ohne Kragen, ohne Schlips und voller Schnee – Harry. Er machte die Tür auf und betrat den Salon, eine nasse Schneespur hinter sich herziehend.

»Na?«, sagte er herausfordernd.

»Harry«, stieß sie hervor, »bist du es wirklich?«

»Dorothy«, sagte er feierlich, »ich bin's.«

»Was … was ist passiert?«

»Ach, nichts Besonderes. Ich hab nur diese fünfundzwanzig Dollar verschenkt.« Damit setzte er sich aufs Sofa.

»Aber Harry… dein Auge ist ja ganz geschwollen.«

»Mein Auge? Mal überlegen. Das war beim zweiundzwanzigsten Dollar. Ich hatte ein kleines Problem mit zwei Herren, aber hinterher haben wir uns richtig angefreundet. Danach hatte ich Glück und bin zwei Dollar in den Hut eines blinden Bettlers losgeworden.«

»Du hast den ganzen Abend gebraucht, um das Geld zu verschenken?«

»Meine liebe Dorothy, ich habe in der Tat den ganzen Abend gebraucht, um das Geld zu verschenken.« Er stand auf und streifte einen Batzen Schnee von der Schulter. »Aber jetzt muss ich los. Draußen warten zwei … äh … Freunde auf mich.« Er ging zur Tür.

»Zwei Freunde?«

»Es sind die beiden, mit denen ich mein kleines Problem hatte. Sie werden mit mir zusammen Weihnachten feiern. Es sind im Grunde sympathische Burschen, wenn auch zuerst ein bisschen rüde.«

Dorothy schnappte nach Luft. Eine Minute blieb es ganz still. Dann nahm er sie in die Arme.

»Liebster«, flüsterte sie, »das alles hast du für mich getan.«

Gleich darauf sprang er die Stufen herunter und verschwand Arm in Arm mit seinen Freunden in der Dunkelheit.

»Gute Nacht, Dorothy«, rief er über die Schulter. »Und fröhliche Weihnachten.«

John Cheever

Die Guten und die Bösen

Am Heiligabend um Viertel nach vier begann es in St. Botolphs zu schneien. Mr. Jowett, der alte Bahnhofsvorsteher, begab sich mit seiner Laterne auf den Bahnsteig und hielt sie hoch. Im Lichtschein glänzten die flüchtigen Flocken wie Eisenspäne. Das Schneegestöber hatte etwas Belebendes, Erfrischendes, und beseelt schaute Mr. Jowett aus dem Panzer seiner Sorgen und Verdauungsbeschwerden hervor. Der Nachmittagszug hatte bereits eine Stunde Verspätung, und der Schnee (dessen Weiß anscheinend zu unseren Träumen gehört, da es uns ständig begleitet) wirbelte so heftig und reichlich herab, dass es aussah, als hätte sich der Ort vom Planeten gelöst und stemmte seine Dächer und Kirchtürme in den Himmel. An der Telegrafenleitung hingen die Überreste eines Kinderdrachens und erinnerten an den Wechsel der Jahreszeiten. »Oh, who put the overalls in Mrs. Murphy's chowder?«, sang Mr. Jowett aus vollem Halse, obwohl er wusste, dass es weder zu Weihnachten noch zur

Würde eines Bahnhofsvorstehers passte, des Hüters der wahren, uralten Grenze der Stadt, ihres Herkulestors.

Als er um die Ecke des Bahnhofsgebäudes bog, sah er die Lichter des Viaduct House, wo sich im selben Augenblick ein einsamer Handlungsreisender über einen Versandkatalog beugte, um das Bild eines hübschen Mädchens zu küssen. Der Kuss schmeckte leicht nach Druckerschwärze. Hinter dem Viaduct House waren die geradlinig aufgereihten Laternen des Stadtparks zu sehen, doch der Ort selbst war kreisförmig angelegt und fügte sich weder der Hauptstraße, die sich meerwärts nach Travertine schlängelte, noch der Eisenbahnlinie oder auch nur der Biegung des Flusses, sondern einzig den Bedürfnissen der Einwohnerschaft, da auf diese Weise der Park bequem zu Fuß zu erreichen war. Dadurch hatte St. Botolphs die Form einer antiken Stadt, und wer es an einem klareren Tag aus der Luft betrachtete, hätte meinen können, er befinde sich in Etrurien. Mr. Jowett konnte in die Fenster der gegenüber vom Viaduct House über dem Laden des Schiffsausstatters gelegenen Wohnung der Familie Hastings blicken, wo Mr. Hastings gerade den Weihnachtsbaum schmückte. Er stand auf einer Leiter, und seine Frau und die Kinder reichten ihm den Weihnachtsschmuck und sagten, wo er ihn hinhängen solle. Doch plötzlich bückte er sich und gab seiner Frau einen Kuss. Das ist die Summe der Gefühle, die der Feiertag und der Schneesturm in ihm geweckt haben, dachte Mr. Jowett voller Freude. In den Läden und Häusern, überall schienen die Menschen glücklich zu sein. Tray, der alte Köter, trottete froh auf der Straße nach Hause, und Mr. Jowett dachte liebevoll an die Hunde von St. Botolphs. Es gab kluge Hunde, dumme Hunde, blutrünstige und diebische Hunde, und wenn sie Wäscheleinen plünderten, Mülleimer umstießen, den Briefträger bissen oder den Schlaf der Gerechten störten, glichen sie Diplomaten und Abgesandten. Mit ihren Possen schienen sie den Ort zusammenzuhalten.

Die letzten Einkaufenden gingen nach Hause, mit einem Paar Fausthandschuhen für den Müllmann, einer Brosche für Großmutter oder einem mit Sägemehl ausgestopften Teddybär für die kleine Abigail. Wie der alte Tray gingen alle nach Hause, und alle hatten ein Zuhause, wo sie erwartet wurden. Nirgends ist es so schön wie hier, dachte Mr. Jowett. Trotz seines Freifahrtscheins hatte er sich nie danach gesehnt zu verreisen. Er wusste, in dieser Stadt gab es wie überall Rohlinge und zänkische Weiber, Diebe und Perverse, aber auch wenn man wie in allen anderen Städten versuchte, den Schleier der Wohlanständigkeit darüberzubreiten, geschah das nicht aus Heuchelei, sondern aus Hoffnung. Um diese Uhrzeit schmückten die meisten Einwohner ihre Weihnachtsbäume. Bestimmt war es noch keinem der Einheimischen in den Sinn gekommen, dass der Brauch, zur Wintersonnenwende einen grünen Baum ins Haus zu holen, auf die Druiden zurückgeht, dennoch brachten sie (zu der Zeit, von der ich schreibe) den ausgewählten Bäumen unwillkürlich mehr Achtung entgegen als heutzutage. Wenn die Bäume nicht mehr gebraucht wurden, wurden sie nicht in den Mülleimer gesteckt oder, bedeckt mit ein paar Strähnen Engelshaar, neben den Bahngleisen in den Straßengraben geworfen. Die Männer und Jungen verbrannten sie feierlich hinten im Garten und bestaunten die lodernden Flammen und den angenehm duftenden Rauch. Anders als heute hätte damals keiner gesagt, der Baum der Tremaines sei spindeldürr, der von den Wapshots habe in der Mitte eine kahle Stelle, der von den Hastings sei viel zu klein, und die Guilfoyles steckten bestimmt in Geldschwierigkeiten, denn sie hätten für ihren Baum nur fünfzig Cent ausgegeben. Eine schicke Beleuchtung, Konkurrenzdenken und die Missachtung der dazugehörigen Symbole, all das sollte noch kommen, aber erst später. Zu der Zeit, von der ich schreibe, war die Beleuchtung noch spärlich und schlicht, und der Weihnachtsschmuck hatte wie das Tafelsilber großen Erinnerungswert. Man ging ehrfurchtsvoll damit um, als würde man die Gebeine der Vorfahren zählen. Natürlich war alles schadhaft – den Vögeln fehlten die Schwänze, den Glöckchen die Klöppel und den Engeln mitunter die Flügel. Die Leute, die sich der Zeremonie des Baumschmückens widmeten, waren konservativ gekleidet. Die Männer trugen Hosen und die Frauen Röcke, abgesehen von der verwitweten Mrs. Wilston und Alby Hooper, einem Zimmermann, der auf Wanderschaft war. Diese beiden tranken seit zwei Tagen Bourbon und trugen überhaupt nichts.

Auf dem zugefrorenen Teich – dem Parson's Pond am Nordrand der Stadt – mühten sich zwei Jungen ab, das Eis schneefrei zu halten, damit sie am nächsten Morgen dort Hockey spielen konnten. Sie liefen auf Schlittschuhen über den Teich und schoben eine Kohlenschaufel vor sich her. Es war ein hoffnungsloses Unterfangen, und obwohl das beiden klar war, glitten sie dennoch mit unerklärlichem Eifer hin und her, auf das tosende Wehr zu und wieder in die entgegengesetzte Richtung. Als der Schnee zum Eislaufen zu hoch war, lehnten sie ihre Schaufeln an eine Kiefer, setzten sich unter den Baum und schnürten die Schlittschuhe auf.

»Weißt du, Terry, du fehlst mir, wenn du im Internat bist.«

»Im Internat halst man mir so viel Arbeit auf, dass ich gar keine Zeit hab, an so was zu denken.«

»Was rauchen?«

»Nein, danke.«

Der erste Junge zog einen Beutel voll Sassafraswurzel aus der Tasche, die er in einem sauberen Bleistiftspitzer zerkleinert hatte, schüttete etwas davon auf ein Blatt rauhes gelbes Toilettenpapier und drehte eine lockere Zigarette, die wie eine Fackel aufflammte, sein schmales, einen Augenblick weltmännisch wirkendes Gesicht beleuchtete und Glutfunken über seine Hose sprühte. Bei jedem Zug an der Zigarette konnte er ihre Bestandteile unterscheiden: den rohen Gasgeschmack brennenden Toilettenpapiers und den süßen Sassafras. Wenn der Rauch in seine Lunge drang, erschauderte er, und doch verspürte er dabei so etwas wie Weisheit und Macht. Als sie die Schlittschuhe ausgezogen hatten und das Feuer in der Zigarette erloschen war, machten sie sich auf den Heimweg. Das erste Haus, an dem sie vorbeikamen, gehörte den Ryders und war in St. Botolphs berühmt, weil dort seit undenklichen Zeiten die Tür zum Wohnzimmer verschlossen war und der Blick ins Fenster durch die herabgelassenen Jalousien versperrt wurde. Was hielten die Ryders in ihrem Wohnzimmer versteckt? Es gab in der ganzen Stadt keinen Menschen, der sich das noch nicht gefragt hatte. Befand sich dort eine Leiche, ein Perpetuum mobile, eine Sammlung von Möbeln aus dem achtzehnten Jahrhundert, ein heidnischer Altar oder ein Laboratorium für teuflische Experimente an Hunden und Katzen? Die Leute hatten sich mit den Ryders angefreundet, in der Hoffnung, einmal ihr Wohnzimmer betreten zu können, doch keinem Einzigen war es gelungen. Die Ryders, eine sonderbare, aber eigentlich nicht unfreundliche Familie, schmückten gerade im Esszimmer, wo sie sich meistens aufhielten, ihren Baum. Neben den Ryders wohnten die Tremaines, und als die beiden Jungen dort vorbeigingen, sahen sie etwas Gelbes schimmern – Kupfer oder Messing –, was auf die Farbenpracht im Innern des Hauses hindeutete. Als junger Mann hatte Dr. Tremaine auf einer Reise durch Persien den Schah von Furunkeln befreit und war dafür mit Teppichen entlohnt worden. Die Tremaines hatten Teppiche auf den Tischen, auf dem Klavier, an den Wänden und auf dem Fußboden, und man konnte deren leuchtende Farben durch die Fenster sehen. Plötzlich schien für einen der Jungen – den Raucher – die bittere Kälte mit den warmen Farben im Haus der Tremaines zu verschmelzen. Das glich einer Entdeckung und war so aufregend, dass er zu laufen begann. Sein Freund trabte neben ihm her bis zur Straßenecke, wo sie die Glocken der Christ Church hörten.

Der Pfarrer wollte gerade die Weihnachtssänger segnen, die in seinem Wohnzimmer versammelt waren. Ihre nasse Kleidung verströmte einen auffallend muffigen Geruch. Das Zimmer war ordentlich, sauber und warm, und bevor sie in ihren schneebedeckten Sachen hereingekommen waren, hatte dort ein frischer Duft geherrscht. Sie wussten, dass Mr. Applegate eigenhändig saubergemacht hatte, denn er war unverheiratet und beschäftigte keine Haushälterin. In seinem Sanktuarium duldete er keine Frauen. Er war groß gewachsen, und seine Wirbelsäule wies eine erstaunliche, irgendwie elegante Krümmung auf, hervorgerufen durch einen stattlichen Bauch, den er zufrieden vor sich hertrug, als wäre er voller Geld und Wertpapiere. Manchmal tätschelte er sich den Wanst – seinen Stolz, seinen Freund, seinen Trost, seine Fehlerspanne. Wenn er seine Brille trug, erweckte er den Anschein, ein behäbiger, huldvoller Geistlicher zu sein, doch sobald er sie absetzte, um sie zu putzen, war sein Blick stechend und verstört, und sein Atem roch nach Gin.

Er führte ein einsames Leben, und mit zunehmendem Alter zweifelte er immer stärker am Heiligen Geist und der Jungfrau Maria und hatte angefangen zu trinken. Als er die Gemeinde übernommen hatte, hatten die alten Jungfern seine Stolen bestickt und seine Gebetbücher koloriert, doch als er an ihren Aufmerksamkeiten kein Interesse zeigte, hatten sie den Kirchenvorstand und den Bischof gedrängt, ihn wegen seiner Trunksucht des Amtes zu entheben. Doch das war nicht der Grund für ihren Zorn. Seine Treue zum Zölibat, sein Entschluss, nicht zu heiraten, hatte sie in ihrer Weiblichkeit gekränkt, und sie brannten darauf zu sehen, wie er entehrt, abgesetzt, gegeißelt und auf dem Wilton Trace bis zur Stadtgrenze getrieben wurde. Außerdem litt Mr. Applegate seit kurzem an Halluzinationen. Wenn er den Gemeindemitgliedern das Abendmahl reichte, schien es ihm, als hörte er die Gebete und Anliegen, mit denen sie sich an Gott wandten. Ihre Lippen bewegten sich nicht, deshalb wusste er, dass es bloß Einbildung war, eine Art Wahn, aber wenn er von einem Knienden zum nächsten schritt, hörte er sie fragen: »Herr der himmlischen Heerscharen, soll ich die Legehennen verkaufen?« – »Soll ich mein grünes Kleid kürzer machen?« – »Soll ich die Apfelbäume fällen?« – »Soll ich mir einen Eisschrank kaufen?« – »Soll ich Emmett nach Harvard schicken?« – »›Trink dies zum Gedächtnis, dass Christi Blut für dich floss, und sei dankbar‹«, sagte er und hoffte, das quälende Hirngespinst aus seinen Gedanken verscheuchen zu können. Doch er hörte sie immer noch fragen: »Soll ich mir zum Frühstück ein Würstchen braten?« –

»Soll ich eine Lebertablette einnehmen?« – »Soll ich mir einen Buick kaufen?« – »Soll ich Helen das Goldarmband schenken oder warten, bis sie älter ist?« – »Soll ich die Treppe streichen?« Mr. Applegate hatte das Gefühl, jedes erhabene Erlebnis sei Schwindel, und die Kette des Daseins sei eine Kette schlichter Sorgen. Hätte er sich zum Laster der Trunksucht und seinen ernsthaften Zweifeln an der ewigen Seligkeit bekannt, so würde er als Briefmarkenlecker in irgendeinem Diözesanamt enden, und dazu war er zu alt. »Allmächtiger Gott«, sagte er laut, »segne diese Deine Diener, die nun gehen, um die Geburt Deines einzigen Sohnes zu feiern, durch den und in dem in der Einheit mit dem Heiligen Geist alle Ehre und alle Herrlichkeit Dein sei, o Allmächtiger Vater, von Ewigkeit zu Ewigkeit. Amen!« Der Segen roch eindeutig nach Wacholder. Sie sangen ein Amen und eine Strophe von »Christus Natus Hodie«.

Vom Singen beansprucht und freundlich gestimmt, wirkten ihre Gesichter ungewöhnlich offen, wie eine Reihe von Fenstern, und Mr. Applegate schaute voll Freude hinein, weil sie in diesem Augenblick so andersartig aussahen. Ganz vorn stand Harriet Brown, die beim Zirkus gearbeitet und zu den lebenden Standbildern romantische Lieder gesungen hatte. Sie war mit einem Taugenichts verheiratet und musste eigenhändig für ihre Familie sorgen, indem sie selbstgebackene Kuchen und Torten verkaufte. Ihr Leben war hart gewesen, was sich in ihrem blassen Gesicht abzeichnete. Neben Harriet stand Gloria Pendleton, deren Vater die Fahrradwerkstatt betrieb. Sie waren die einzige schwarze Familie im Ort. Die Zehn-Cent-Halskette, die Gloria trug, schien von unschätzbarem Wert zu sein, denn allem, was Gloria berührte, verlieh sie Würde. Ihre Schönheit war weder primitiv noch barbarisch, es war die spezielle Schönheit ihrer Rasse und ließ Lucille Skinner, die zu ihrer Rechten stand, noch draller und blasser erscheinen. Lucille hatte fünf Jahre lang in New York Musik studiert. Die Kosten ihrer Ausbildung schätzte man auf annähernd zehntausend Dollar. Man hatte ihr eine Opernkarriere in Aussicht gestellt, und wem würde nicht schwindlig werden bei dem Gedanken an San Carlo und die Scala, an den stürmischen Beifall, der die Quintessenz des schönsten und wärmsten Lächelns der Welt zu sein scheint? Saphire und Chinchilla! Doch bekanntlich gibt es auf diesem Feld großen Andrang, und es wird von gewissenlosen Leuten beherrscht. Deshalb war sie heimgekehrt, um sich mit Klavierstunden im Wohnzimmer ihrer Mutter ihren Lebensunterhalt auf ehrliche Weise zu verdienen. Bei ihr – wie auch fast allen anderen, dachte Mr. Applegate – war die Liebe zur Musik eine verzehrende, ernüchternde Leidenschaft. Neben Lucille stand Mrs. Coulter, die Frau des Klempners. Sie stammte aus Wien und war vor ihrer Heirat Näherin gewesen: eine zarte, dunkelhäutige Frau mit rußschwarzen Schatten unter den Augen. Neben ihr stand der alte Mr. Sturgis, der einen Zelluloidkragen und ein Brokathalstuch trug und seit seiner Aufnahme in den Schulchor vor fünfzig Jahren jede sich bietende Gelegenheit nutzte, öffentlich aufzutreten.

Hinter Mr. Sturgis standen Miles Howland und Mary Perkins, die im Frühling heiraten wollten, aber schon seit dem Sommer heimlich ein Liebespaar waren. Zum ersten Mal hatte er sie bei einem Gewitter in dem Kiefernwäldchen hinterm Parson's Pond entkleidet, und danach hatten sie fast nur noch das Wie, Wo und Wann im Kopf, bewegten sich aber in einer Welt, die von den intelligenten, vertrauensvollen Gesichtern ihrer geliebten Eltern erleuchtet war. Sie fuhren zum Picknick nach Bascom's Island, wo sie den ganzen Tag keine Kleider trugen. Herrlich, es war einfach herrlich. War das eine Sünde? Mussten sie dafür in der Hölle schmoren und Fieberqualen erdulden? Würde ihn bei einem Baseballspiel der Blitz erschlagen? Später an diesem Heiligabend würde er, in frisches Weiß und Scharlachrot gekleidet, beim Heiligen Abendmahl ministrieren und, scheinbar ins Gebet vertieft, die dunkle Kirche nach ihrem Gesicht absuchen. Angesichts all der Gelübde, die er abgelegt hatte, war das schändlich. Aber wie war das möglich? Hätte sich sein Fleisch nicht seinem Geist mitgeteilt, so hätte er nie diese Kraft und Leichtigkeit in den Knochen verspürt, diese Herzensfülle, diesen unbedingten Glauben an die frohe Weihnachtsbotschaft, den Stern und die Könige. Wenn er Mary im Schneesturm von der Kirche nach Hause brächte, würden ihn ihre freundlichen Eltern vielleicht bitten, über Nacht zu bleiben, und dann käme sie vielleicht zu ihm. Im Geist hörte er die Treppe knarren und sah ihren Fuß schimmern, und in seiner Unschuld dachte er, wie wunderbar es doch eingerichtet war, dass er zugleich seinen Erlöser preisen und den Fuß seiner Liebsten vor sich sehen konnte. Neben Mary stand Charlie Anderson, der mit einer sehr wohlklingenden Tenorstimme begabt war, und dann kamen die Basset-Zwillinge.

In der dunklen, bunt zusammengewürfelten Kleidung, die die Weihnachtssänger wegen des Schneesturms angezogen hatten, sahen sie ziemlich trostlos aus, doch als sie zu singen begannen, waren sie wie verwandelt. Die Schwarze glich einem Engel, und die pummelige Lucille hob anmutig den Kopf und schien ihre in den verregneten Straßen rings um die Carnegie Hall vergeudete Jugend abzustreifen. Diese plötzliche Verwandlung der Sänger war überwältigend, und Mr. Applegate spürte, wie sich sein Glaube erneuerte, spürte, dass unendlich viele ungeahnte Möglichkeiten vor ihnen lagen, eine gewaltige Friedensfülle, eine Renaissance ohne Briganten, ein Rausch von Licht und Farben, ein Königreich! Oder lag das am Gin? Solange die Musik währte, wirkten die Sänger erlöst und geläutert, doch als der letzte Ton verklungen war, waren sie genauso plötzlich wieder die Alten. Mr. Applegate dankte ihnen, und sie begaben sich zur Haustür. Er zog den alten Mr. Sturgis beiseite und sagte taktvoll: »Ich weiß, dass Sie sich bester Gesundheit erfreuen, aber finden Sie nicht, dass der Schneesturm ein bisschen zu heftig ist, um draußen herumzulaufen? Im Radio hieß es, so einen Schneesturm hätte es seit hundert Jahren nicht mehr gegeben.«

»Ach nein, danke«, sagte Mr. Sturgis, der nahezu taub war. »Ich hab zu Hause schon Cracker mit Milch gegessen.«

Die Weihnachtssänger verließen das Pfarrhaus und gingen in Richtung Stadtpark.

Der Gesang war bis in die Futterhandlung zu hören, wo Barry Freeman gerade abschloss. Barry hatte die Andover Academy absolviert und war in den Weihnachtsferien des letzten Studienjahrs in seinem neuen Smoking auf dem Adventsball erschienen. Mit seinem Auftritt hatte er allgemeines Gelächter geerntet. Er hatte ein Mädchen nach dem anderen angesprochen, und als alle sich weigerten, mit ihm zu tanzen, versuchte er es mit Abklatschen, wurde aber unter Gelächter von der Tanzfläche vertrieben. Danach stand er fast eine halbe Stunde lang an der Wand, bis er seinen Mantel anzog und durch den Schnee nach Hause ging. Doch sein Auftritt im Smoking blieb unvergessen. So konnte es vorkommen, dass eine Frau sagte: »Zwei Jahre nachdem Barry Freeman im Frack auf dem Adventsball auftauchte, kam meine älteste Tochter zur Welt.« Es war ein Wendepunkt in seinem Leben gewesen. Vielleicht hatte er deswegen nie geheiratet und kehrte am Heiligabend stets in ein leeres Haus zurück.

Der Gesang war auch in Bryants Gemischtwarenhandlung (»unglaubliche Preisknüller«) zu hören, wo die alte Lucy Markham gerade telefonierte. »Haben Sie Prince Albert in der Dose, Miss Markham?«, fragte eine Kinderstimme.

»Ja, Schätzchen«, sagte Miss Markham.

»Hör jetzt auf, Miss Markham am Telefon zu belästigen«, schaltete sich Althea Sweeney aus der Telefonvermittlung ein. »So was macht man am Heiligabend nicht.«

»Es ist verboten, sich in private Telefongespräche einzumischen«, erwiderte das Kind. »Ich hab Miss Markham bloß gefragt, ob sie Prince Albert in der Dose hat.«

»Ja, Schätzchen«, sagte Miss Markham.

»Dann lassen Sie ihn raus«, sagte das Kind, und seine Stimme überschlug sich vor Lachen. Althea richtete ihre Aufmerksamkeit auf etwas Interessanteres – ein Fünfundachtzig-Cent-Ferngespräch nach New Jersey, das aus Prescott's Drugstore geführt wurde.

»Hier spricht Dolores, Mama«, sagte eine seltsame Stimme. »Ich bin's, Dolores. Ich bin in einem Ort namens St. Botolphs ... Nein, ich bin nicht betrunken, Mama. Ehrlich nicht. Ich wollte dir bloß frohe Weihnachten wünschen, Mama ... Ein frohes Fest. Und Onkel Pete und Tante Mildred auch. Euch allen frohe Weihnachten ...« Sie weinte.

»› ... Am Stephanstag‹«, sangen die Weihnachtssänger, »›als die Erde schneebedeckt ...‹« Aber die Stimme von Dolores, die von Tankstellen und Motels, von Autobahnen und durchgehend geöffneten Supermärkten sprach, hatte mehr mit der künftigen Welt zu tun als der Gesang im Stadtpark.

Die Sänger bogen in die Boat Street und zogen zum Haus der Williams. Sie wussten, dass sie dort keine Gastfreundschaft zu erwarten hatten – nicht weil Mr. Williams ein Geizhals gewesen wäre, sondern weil er glaubte, jegliche Gastfreundschaft könnte auf die Bank, deren Direktor er war, ein falsches Licht werfen. Als Konservativer hatte er in seinem Arbeitszimmer ein Porträtfoto von Woodrow Wilson hängen, das mit einem alten Toilettensitz aus Mahagoni gerahmt war. Seine Tochter, aus Miss Winsors Schule, und sein Sohn, vom St. Mark's College heimgekehrt, standen mit ihren Eltern in der Tür und riefen: »Frohe Weihnachten! Frohe Weihnachten!« Neben den Williams wohnten die Brattles, und dort wurden die Sänger zu einer Tasse Kakao eingeladen. Jack Brattle hatte die Tochter der Davenports aus Travertine geheiratet. Die Ehe war nicht glücklich gewesen, und als Jack irgendwo gehört hatte, Petersilie sei ein Aphrodisiakum, hatte er im Garten acht bis zehn Reihen gepflanzt. Die Petersilie wuchs und gedieh, bis sich Kaninchen darüber hermachten, und als Jack eines Nachts mit einer Schrotflinte in den Garten ging, schoss er einem portugiesischen Fischer namens Manuel Fada, der schon seit Jahren der Liebhaber seiner Frau war, ein irreparables Loch in den Bauch. Jack musste sich wegen fahrlässiger Tötung vorm Bezirksgericht verantworten und wurde freigesprochen, doch seine Frau brannte mit einem Tuchhändler durch, und seither wohnte Jack mit seiner Mutter zusammen.

Neben den Brattles wohnten die Dummers, wo man die Sänger mit Löwenzahnwein und Weihnachtsplätzchen empfing. Mr. Dummer war von zarter Statur, machte manchmal gern Handarbeiten und hatte acht Kinder gezeugt. Seine zahlreichen Sprösslinge standen hinter ihm im Wohnzimmer aufgereiht wie ein unwiderlegbarer Beweis seiner Manneskraft. Mrs. Dummer schien wieder schwanger zu sein, doch das konnte man nicht richtig erkennen. In der Diele hing ein Foto von ihr, auf dem sie als hübsche junge Frau neben einem gusseisernen Hirsch posierte. Mr. Dummer hatte »Zwei Prachtexemplare« unter das Bild geschrieben, und die Sänger machten sich gegenseitig darauf aufmerksam, bevor sie in den Schneesturm hinaustraten.

Neben den Dummers wohnten die Bretaignes, die sich vor zehn Jahren auf einer Europareise eine Krippe gekauft hatten, die von allen bewundert wurde. Ihre einzige Tochter Hazel war mit Mann und Kindern zu Besuch gekommen. Als Mr. Applegate bei Hazels Trauung gefragt hatte, wer das Mädchen dem Bräutigam zuführe, hatte sich Mrs. Bretaigne von ihrem Platz erhoben und gesagt: »Ich. Sie gehört mir, nicht meinem Mann. Ich hab mich um sie gekümmert, wenn sie krank war. Ich habe ihre Kleider genäht. Ich habe ihr bei den Schulaufgaben geholfen. Er hat nicht das Geringste für sie getan.

Sie gehört mir, und mir steht es zu, sie dem Bräutigam zu übergeben.« Dieses unkonventionelle Verhalten hatte Hazels Eheglück offenbar nicht beeinträchtigt. Ihr Mann machte einen wohlhabenden Eindruck, und ihre Kinder waren hübsch und gut erzogen.

Am Ende der Straße befand sich das Haus der alten Honora Wapshot, wo die Sänger – das wussten sie – heißen Rum mit Butter bekommen würden. Im Schneesturm sah das Haus, dessen Kamine alle brannten und dessen Schornsteine alle rauchten, wie ein schönes Kunstwerk aus, ein Heim, wie es ein Grußkartenzeichner oder ein verzweifelt einsamer Matrose, der in einem möblierten Zimmer seinen Kater ausschwitzt, am Heiligabend, Backstein für Backstein, Zimmer für Zimmer, gemalt haben könnte. Maggie, das Hausmädchen, ließ sie herein und reichte die Gläser herum. Honora stand auf der anderen Seite des Wohnzimmers, eine alte Dame in schwarzem Kleid, das dick mit Mehl oder Körperpuder besprenkelt war. Mr Sturgis ergriff das Wort. »Sagen Sie uns das Gedicht auf, Honora«, bat er.

Sie trat rückwärts ans Klavier, strich ihr Kleid glatt und begann:

Von Himmelshörnern angekündigt, kommt
Der Schnee, treibt über alles Feld und scheint
Zu landen nirgendwo; geweißte Luft
Verbirgt die Hügel, Wälder, Fluss und Himmel,
Verhüllt das Farmhaus dort am Gartenend …

Fehlerlos rezitierte Honora das ganze Gedicht, und dann sangen sie *Lobt Gott, ihr Christen alle gleich*. Das war Mrs. Coulters Lieblingslied, und es rührte Honora zu Tränen. Die Ereignisse in Bethlehem schienen für sie keine Offenbarung zu sein, sondern eher eine Bestätigung dessen, was sie im Innersten schon immer als den Reichtum des Lebens erkannt hatte. Für dieses Haus, diese Menschen, diese stürmische Nacht hatte Christus gelebt und war er gestorben. Wie wunderbar, dachte sie, dass die Welt mit einem Erlöser gesegnet ist! Wie wunderbar, dass ich solche Freude empfinden kann! Als das Lied zu Ende war, trocknete sie sich die Tränen und sagte zu Gloria Pendleton: »Ist das nicht wunderbar?« Maggie füllte die Gläser nach. Alle protestierten, doch alle tranken, und als sie wieder in den Schnee hinaustraten, spürten sie wie Mr. Jowett, dass ringsum überall Glück herrschte.

Doch zumindest eine einsame Gestalt war unterwegs. Das war der alte Mr Spofford, der verstohlen und flink wie ein Dieb den Weg zum Fluss hinuntereilte. Er trug einen geheimnisvollen Sack. Mr. Spofford wohnte allein am Stadtrand und verdiente seinen Lebensunterhalt mit der Reparatur von Uhren. Seine Familie war einmal reich gewesen, und er hatte viele Reisen unternommen und war aufs College gegangen. Was mochte er am Heiligabend in diesem Jahrhundertschneesturm zum Fluss hinunterschleppen? Es musste sich um ein Geheimnis handeln, etwas, das er vernichten wollte, aber was für Dokumente konnte ein einsamer alter Mann schon besitzen, und warum wollte er ausgerechnet in dieser Nacht sein Geheimnis im Fluss versenken?

Der Sack, den er trug, war ein Kissenbezug, und darin steckten neun lebende Kätzchen. Sie waren eine zappelige Last, maunzten laut nach Milch, und ihre unerwünschte Lebhaftigkeit machte ihm Sorgen. Er hatte versucht, sie an den Metzger, den Fischhändler, den Müllmann und den Apotheker zu verschenken, aber wer will am Heiligabend schon eine heimatlose Katze bei sich aufnehmen? Und um neun Stück konnte er sich nicht kümmern. Es war nicht seine Schuld, dass seine alte Katze geworfen hatte, eigentlich trug daran niemand die Schuld, doch je näher er dem Fluss kam, desto größer wurden seine Gewissensbisse. Es schmerzte ihn, die Vitalität, das Leben der Kätzchen zerstören zu müssen. Obwohl Tiere den Tod angeblich nicht fürchten, strampelten die Kätzchen heftig und ängstlich im Kissenbezug. Und Mr. Spofford fror.

Er war ein alter Mann und konnte den Schnee nicht ausstehen. Auf dem Weg zum Fluss spürte er in dem Schneesturm die Vergänglichkeit des Planeten. Es würde nie wieder Frühling werden. Das Tal des West River würde nie mehr ein Becken voller Gras und Veilchen sein. Der Flieder würde nie wieder blühen. Er sah den Schnee über die Felder wehen, und im Innersten wusste er, dass die Zivilisation zugrunde ging – Paris unter Schneemassen begraben, der Canal Grande und die Themse zugefroren, London verlassen, und in den Höhlen der Innsbrucker Berge kauern ein paar Überlebende an einem Feuer, in dem Stuhl- und Tischbeine brennen. Dieser unbarmherzige, dieser qualvolle, dieser russische Winter, dachte er, dieser Tod aller Hoffnung. Freude, Mut, alle positiven Gefühle hatte die Kälte in ihm erstickt. Er versuchte, die Zukunft heraufzubeschwören, sich sanftes Tauwetter vorzustellen, einen milden Südwestwind – blau fließendes Wasser im Fluss, blühende Tulpen und Hyazinthen, die prallen, am Himmelsbaum hängenden Sterne einer Frühlingsnacht –, dennoch spürte er in den Knochen, im schmerzhaften Schlag seines Herzens bloß die Kälte des Gletschers, die Eiszeit.

Der Fluss war zugefroren, doch an der Uferböschung gab es im Kehrwasser ein paar eisfreie Stellen. Am einfachsten wäre es gewesen, einen Stein in den Kissenbezug zu stecken, doch damit hätte er die Kätzchen, die er ermorden wollte, verletzen können. Er knotete die Zipfel zusammen, doch als er sich dem Wasser näherte, wurde das Gewimmer im Kissenbezug immer lauter. Die Böschung war vereist, der Fluss tief. Im Schneegestöber war Mr. Spofford halb blind. Als er das Bündel ins Wasser gleiten ließ, schwamm es obenauf, und bei dem Versuch, es unterzutauchen, verlor er das Gleichgewicht und stürzte selbst in den Fluss. »Hilfe! Hilfe! Hilfe!«, schrie er. »Hilfe, ich ertrinke!« Aber niemand hörte ihn, und es sollten mehrere Wochen vergehen, bis man ihn vermisste.

Plötzlich ertönte ein Pfeifen – der Nachmittagszug schob seinen Schienenräumer durch die riesigen Schneewehen und brachte die letzten Reisenden nach Hause, brachte sie zu ihren alten Häusern in der Boat Street zurück, wo nichts verändert und nichts fremd war, wo niemand sich sorgte und niemand sich grämte und wo in ein, zwei Stunden die Seelen der Menschen geschieden werden sollten: Die Guten bekamen Schlitten, Schlittschuhe und Skier, Ponys und Goldstücke, und die Bösen erhielten bloß ein Stück Kohle.

Joachim Ringelnatz

Weihnacht zur See

Weihnacht war es auf tosender See.
Haushohe Wellen an Luv und an Lee.
Am Ruder stand Jürgens Claus;
Sah bald auf den Kompass und bald voraus.
Die eisernen Speichen lenkte er fest
Und führte verwegen
Durch Sturm und Regen
Das ächzende Schiff nach West-Nord-West.
Wuchtige Seen mit schäumender Gischt
Fegten das Deck,
Doch er wich nicht vom Fleck,
Er rührte sich nicht,
Ob auch vom Südwester übers Gesicht,
Ob von der Stirn in den struppigen Bart
Das salzige, eisige Wasser ihm rann. –
So etwas bleibt keinem Seemann erspart.
Jürgens Claus stand seinen Mann. – –
West-Nord-West lag an.
Und er sah auf den Kompass, vom Wetter umtost,
Wehrte behende dem tückischen Schwanken
Der kleinen Nadel. Doch in Gedanken

Flog er gen Ost-Süd-Ost;
Flog in ein fernes Fischerhaus.
Dort war er daheim, Jürgens Claus.
Es war ein armer,
Doch traulich warmer
Und freundlicher Raum.

Die Kuckucksuhr war eben verklungen.
Still malte der Feuerschein an den Wänden.
Im Lehnstuhl unter dem Weihnachtsbaum
Saß Mutter und hielt wie im Traum
In ihren alten, zitternden Händen
Den letzten Brief von ihrem Jungen. –
Er wusste, er war ja ihr einziges Glück. – –

»Was ist der Kurs?«, erklang es von oben.
»Recht West-Nord-West!«, gab Claus zurück.
Die eisernen Speichen lenkte er fest
Und führte voll Kraft und kühnem Mut
Das ächzende Schiff gen West-Nord-West.
Claus Jürgens stand seinen Mann.
War es wohl salzige Meeresflut,
Was heiß ihm über die Wangen rann?

Raymond Carver

Ein ernstes Gespräch

Veras Auto stand da, sonst keines, und Burt war dankbar dafür. Er bog in die Einfahrt und hielt neben der Torte, die er am Abend zuvor hatte fallen lassen. Sie lag immer noch da, mit der Aluminiumform nach oben und mit einem Hof von Kürbisfüllung ringsherum auf dem Pflaster. Es war der Tag nach Weihnachten.

Er war am Weihnachtstag gekommen, um seine Frau und seine Kinder zu besuchen. Vera hatte ihn im Voraus gewarnt. Sie hatte ihm erklärt, wie die Dinge standen. Sie hatte gesagt, dass er um sechs wieder weg sein müsse, denn ihr Freund und dessen Kinder kämen zum Abendessen.

Sie hatten im Wohnzimmer gesessen und feierlich die Geschenke ausgepackt, die Burt mitgebracht hatte. Sie hatten seine Päckchen aufgemacht, während andere Päckchen, in festliches Papier eingeschlagen, aufgestapelt unter dem Weihnachtsbaum lagen und auf die Zeit nach sechs Uhr warteten.

Er hatte zugesehen, wie die Kinder ihre Geschenke auspackten, und gewartet, als Vera das Seidenband von ihrem Päckchen löste. Er sah zu, wie sie das Papier abstreifte, den Deckel hob, den Kaschmirpullover herausnahm.

»Hübsch«, sagte sie. »Vielen Dank, Burt.«

»Probier ihn an«, sagte seine Tochter.

»Zieh ihn an«, sagte sein Sohn.

Burt sah seinen Sohn an; er war ihm dankbar für die Unterstützung.

Sie probierte ihn tatsächlich an. Vera ging ins Schlafzimmer und kam in dem Pullover heraus.

»Hübsch«, sagte sie.

»Hübsch an dir«, sagte Burt und spürte ein Überfließen in seiner Brust.

Er packte seine Geschenke aus. Von Vera bekam er einen Geschenkgutschein von Sondheim's, dem Herrenbekleidungsgeschäft. Von seiner Tochter einen Kamm und eine Bürste, die zusammenpassten. Von seinem Sohn einen Kugelschreiber.

Vera reichte Erfrischungsgetränke, und sie unterhielten sich ein bisschen. Aber hauptsächlich betrachteten sie den Baum. Dann stand seine Tochter auf und fing an, im Esszimmer den Tisch zu decken, und sein Sohn ging fort, in sein Zimmer.

Aber Burt gefiel es da, wo er war. Es gefiel ihm,

vor dem Kamin zu sitzen, ein Glas in der Hand, in seinem Haus, seinem Zuhause.

Dann ging Vera in die Küche.

Ab und zu kam seine Tochter ins Esszimmer und brachte etwas für den Tisch. Burt sah ihr zu. Er sah zu, wie sie die Leinenservietten faltete und in die Weingläser steckte. Er sah zu, wie sie eine schlanke Vase in die Mitte des Tisches stellte. Er sah zu, wie sie, ganz vorsichtig, eine Blume in die Vase tat.

Ein kleiner Klotz aus Wachs und Sägemehl brannte auf dem Rost im Kamin. Eine Schachtel mit fünf weiteren lag griffbereit auf dem Sims. Er stand vom Sofa auf und legte sie alle in den Kamin. Er sah zu, wie sie in Flammen aufgingen. Dann trank er sein Glas aus und ging zur Terrassentür. Auf dem Weg dorthin sah er, aufgereiht auf der Anrichte, die Torten. Er stapelte sie auf seinen Arm, alle sechs, eine für jeweils zehn Male, die sie ihn betrogen hatte.

Draußen in der Einfahrt ließ er im Dunkeln eine fallen, als er ungeschickt an der Autotür hantierte.

Die Haustür war seit der Nacht, in der er seinen Schlüssel im Schloss abgebrochen hatte, ständig verschlossen. Er ging außen herum zum hinteren Eingang. An der Tür hing ein Weihnachtskranz. Er klopfte an die Glasscheibe. Vera war im Bademantel. Sie sah zu ihm hinaus und runzelte die Stirn. Sie öffnete die Tür einen Spalt.

Burt sagte: »Ich wollte mich für gestern Abend entschuldigen. Ich möchte mich auch bei den Kindern entschuldigen.« Vera sagte: »Sie sind nicht da.«

Sie stand in der Tür, und er stand im Garten, gleich neben dem Philodendron. Er zupfte an einer Faser an seinem Ärmel.

Sie sagte: »Ich halte das nicht mehr aus. Du hast beinahe das Haus in Brand gesteckt.«

»Hab ich nicht.«

»Doch, hast du. Alle hier haben es mit angesehen.«

Er sagte: »Kann ich reinkommen und was dazu sagen?«

Sie zog den Bademantel oben am Hals zusammen und ging zurück nach drinnen.

Sie sagte: »Ich muss in einer Stunde weg.«

Er sah sich um. An dem Baum gingen die Lichter an und aus. Buntes Seidenpapier und glänzende Schachteln stapelten sich am einen Ende des Sofas. Ein Truthahngerippe lag auf einer Platte in der Mitte des Esszimmertischs, die ledrigen Reste in einem Petersilienbett wie in einem schaurigen Nest. Ein kegelförmiger Berg Asche füllte den Kamin. Auch ein paar leere Shasta-Cola-Dosen lagen darin. Eine Spur von Rauchflecken zog sich an den Ziegelsteinen zum Kaminsims hinauf, wo das Holz, das den Rauch aufgehalten hatte, schwarz versengt war.

Er drehte sich um und ging wieder in die Küche.

Er sagte: »Wann ist denn dein Freund gestern Abend gegangen?«

Sie sagte: »Wenn du damit anfängst, kannst du gleich gehen.«

Er zog einen Stuhl heraus und setzte sich an den Küchentisch vor den großen Aschenbecher. Er schloss die Augen und machte sie wieder auf. Er schob die Gardine zur Seite und blickte in den Garten hinaus. Er sah ein Fahrrad ohne Vorderrad, das umgekehrt dastand. Er sah Unkraut, das überall an dem Redwoodzaun wuchs.

Sie ließ Wasser in einen Kochtopf laufen. »Erinnerst du dich an Thanksgiving?«, sagte sie. »Damals hab ich gesagt, das war der letzte Feiertag, den du uns verdorben hast. Statt Truthahn gab es abends um zehn Speck und Eier.«

»Ich weiß«, sagte er. »Ich hab gesagt, es tut mir leid.«

»Leid? Das reicht nicht.«

Die Zündflamme war wieder ausgegangen. Sie stand am Herd und versuchte, das Gas unter dem Topf anzumachen.

»Verbrenn dich nicht«, sagte er. »Pass auf, dass du nicht Feuer fängst.«

Er stellte sich vor, wie ihr Bademantel Feuer fing, und wie er vom Tisch aufsprang, sie auf den Fußboden warf und rollte und immer weiter rollte, ins Wohnzimmer, wo er sie mit seinem Körper bedecken würde. Oder sollte er ins Schlafzimmer laufen und eine Decke holen?

»Vera?«

Sie sah ihn an.

»Hast du was zu trinken da? Ich könnte heute Morgen einen Drink gebrauchen.«

»Im Tiefkühlfach ist noch etwas Wodka.«

»Seit wann bewahrst du Wodka im Tiefkühlfach auf?«

»Frag lieber nicht.«

»Gut, gut«, sagte er. »Ich frag nicht.«

Er holte den Wodka heraus und goss sich etwas in eine Tasse, die er auf der Arbeitsfläche fand.

Sie fragte: »Willst du das etwa so trinken, aus der Tasse?« Sie sagte: »Gott im Himmel, Burt. Worüber willst du eigentlich reden? Ich hab dir gesagt, ich muss weg. Ich habe um ein Uhr Flötenstunde.«

»Nimmst du immer noch Flötenunterricht?«

»Hab ich gerade gesagt. Was ist? Sag mir, was du loswerden willst, und dann muss ich mich fertig machen.«

»Ich wollte dir sagen, dass es mir leidtut.«

Sie sagte: »Das hast du schon gesagt.«

Er sagte: »Wenn du etwas Saft hättest, irgendwas, könnte ich mir was davon in den Wodka tun.«

Sie machte den Kühlschrank auf und schob einige Sachen herum.

»Hier ist Preiselbeersaft«, sagte sie.

»Das ist gut«, sagte er.

»Ich geh jetzt ins Bad«, sagte sie.

Er trank die Tasse Preiselbeersaft mit Wodka aus. Er zündete sich eine Zigarette an und warf das Streichholz in den großen Aschenbecher, der immer auf dem Küchentisch stand. Er untersuchte die Kippen darin. Manche waren von Veras Sorte und manche nicht. Manche waren sogar lavendelfarben. Er stand auf und leerte alles in den Eimer unter der Spüle.

Der Aschenbecher war eigentlich gar kein Aschenbecher. Es war ein großer Steingutteller, den sie bei einem bärtigen Töpfer an der Haupteinkaufsstraße in Santa Clara gekauft hatten. Er spülte ihn und trocknete ihn ab. Er stellte ihn wieder auf den Tisch. Und dann drückte er seine Zigarette darin aus.

Das Wasser auf dem Herd fing an zu kochen, und im selben Augenblick klingelte das Telefon.

Er hörte, wie sie die Badezimmertür aufmachte und durchs Wohnzimmer nach ihm rief. »Geh du ran! Ich wollte gerade duschen.«

Das Küchentelefon stand auf der Arbeitsfläche in einer Ecke hinter dem Bratentopf. Er schob den Topf beiseite und nahm den Hörer ab.

»Ist Charlie da?«, fragte die Stimme.

»Nein«, sagte Burt.

»Okay«, sagte die Stimme.

Während er nach dem Kaffee sah, klingelte das Telefon wieder.

»Charlie?«

»Nicht hier«, sagte Burt.

Diesmal legte er den Hörer nicht auf.

Vera kam wieder in die Küche, sie hatte Jeans an und einen Pullover, und war dabei, sich die Haare zu bürsten.

Er löffelte Kaffeepulver in die Tassen mit heißem Wasser und schüttete dann ein bisschen Wodka in seine. Er trug die Tassen zum Tisch hinüber.

Sie nahm den Hörer und horchte. Sie sagte: »Was soll das? Wer war dran?«

»Niemand«, sagte er. »Wer raucht denn hier bunte Zigaretten?«

»Ich.«

»Hab ich gar nicht gewusst.«

»Tu ich aber.«

Sie saß ihm gegenüber und trank ihren Kaffee. Sie rauchten und benutzten den Aschenbecher.

Es gab allerlei, was er sagen wollte, traurige Dinge, tröstliche Dinge, eben solche Dinge.

»Ich rauche zurzeit drei Päckchen am Tag«, sagte Vera. »Ich meine, wenn du wirklich wissen willst, was hier los ist.«

»Allmächtiger«, sagte Burt.

Vera nickte.

»Dazu bin ich nicht hergekommen, um das zu hören«, sagte er.

»Was wolltest du denn hören, warum bist du gekommen? Willst du hören, dass das Haus abgebrannt ist?«

»Vera«, sagte er. »Es ist Weihnachten. Deshalb bin ich gekommen.«

»Es ist der Tag nach Weihnachten«, sagte sie. »Weihnachten war da und ist vorbei«, sagte sie. »Ich möchte nie wieder eins erleben.«

»Und ich?«, sagte er. »Glaubst du, ich freu mich auf Feiertage?«

Das Telefon klingelte wieder. Burt nahm den Hörer ab.

»Jemand, der Charlie sprechen will«, sagte er.

»Was?«

»Charlie«, sagte Burt.

Vera nahm das Telefon. Sie kehrte ihm den Rücken zu, während sie sprach. Dann drehte sie sich zu ihm um und sagte: »Ich möchte im Schlafzimmer telefonieren. Würdest du bitte auflegen, wenn ich drüben den Hörer abgenommen hab? Ich merke es, also häng bitte auf, wenn ich es sage.«

Er nahm den Hörer. Sie ging aus der Küche. Er hielt den Hörer ans Ohr und horchte. Er hörte nichts. Dann hörte er, wie ein Mann sich räusperte. Dann hörte er, wie Vera am anderen Telefon den Hörer abnahm. Sie rief: »Okay, Burt! Ich hab's jetzt, Burt!«

Er legte den Hörer auf und stand da und starrte darauf. Er zog die Besteckschublade auf und schob Dinge darin hin und her. Er zog eine andere Schublade auf. Er blickte ins Spülbecken. Er ging ins Esszimmer und nahm das Tranchiermesser. Er hielt es unter heißes Wasser, bis das Fett Risse bekam und ablief. Er wischte die Klinge an seinem Ärmel ab. Er ging zum Telefon, schlang die Leitung um seine Hand und säbelte sie ohne Mühe durch. Er sah die beiden Enden der Leitung prüfend an. Dann schob er das Telefon wieder in die Ecke hinter dem Bratentopf.

Sie kam in die Küche. Sie sagte: »Die Leitung war plötzlich tot. Hast du was mit dem Telefon gemacht?« Sie sah nach dem Telefon, und dann nahm sie es von der Arbeitsfläche.

»Du Scheißkerl!«, schrie sie. Sie schrie: »Raus, raus mit dir, geh zum Teufel!« Sie schüttelte das Telefon vor ihm. »Jetzt reicht's! Ich beantrage jetzt eine einstweilige Verfügung, ja, das mache ich!«

Das Telefon machte ding, als sie es auf die Arbeitsfläche knallte.

»Ich geh nach nebenan und ruf die Polizei, wenn du hier nicht auf der Stelle verschwindest!«

Er nahm den Aschenbecher in die Hand. Er hielt ihn am Rand. Er posierte damit wie ein Mann, der im Begriff ist, Diskus zu werfen.

»Bitte«, sagte sie. »Das ist unser Aschenbecher.«

Er ging durch die Terrassentür hinaus. Er war sich nicht sicher, aber er glaubte, dass er etwas bewiesen hatte. Er hoffte, dass er etwas klar gemacht hatte. Die Sache war die, dass sie bald ein ernstes Gespräch führen mussten. Es gab einiges zu besprechen, wichtige Dinge, die diskutiert werden mussten. Sie würden wieder miteinander reden. Vielleicht wenn die Feiertage vorbei waren und alles wieder seinen normalen Gang ging. Er würde ihr sagen, dass der gottverdammte Aschenbecher ein gottverdammter Teller war. Zum Beispiel. In der Einfahrt machte er einen Bogen um die Torte und stieg wieder in sein Auto. Er ließ den Motor an und schaltete in den Rückwärtsgang. Es war gar nicht so leicht zu lenken, bis er den Aschenbecher aus der Hand legte.

Frank Goosen

Juskowiaks Fernseher

Es war kurz nach der Zeit, über die meine Omma immer sagt: »Wir hatten nix!« Jetzt aber ging es wieder bergauf. Nach Bern war man wieder wer: Weihnachten 1954. Damals kannte man noch »gute« Butter, das Geld war noch etwas wert, die Krawatten waren schmal, der Haarschnitt hieß »Fassong«, und beim Friseur konnte man unterm Ladentisch Kondome kaufen, wenn man sich traute.

Meine Großeltern lebten in Bochum-Riemke in einer langen Reihe von Bergarbeitermietshäusern, die »D-Zug« genannt wurde und wo die Toiletten bis weit in meinen Erinnerungsbereich hinein eine halbe Treppe tiefer und unbeheizt waren, was den Aufenthalt im Winter zu einem Wettlauf mit dem Frost machte, den man nur gewinnen konnte, wenn es gelang, Fäkalien abzuwerfen, bevor der Hintern an der schwarzen Brille festfror.

Fernseher gab es damals schon, und die zurückliegende Fußballweltmeisterschaft hatte den Absatz der Geräte nicht unwesentlich beflügelt, doch waren sie noch nicht in jedem Wohnzimmer zur betäubenden Selbstverständlichkeit geworden. Im »Haus Rabe« (Inh. Willi Jebollek) stand eines, und gerüchteweise hatte man von dem einen oder anderen Privatgerät in Riemke oder dem angrenzenden Hofstede gehört, doch der D-Zug war, so glaubten alle, noch TV-frei.

Hubert Juskowiak wohnte im gleichen Haus wie meine Großeltern, und zwar im dritten Stock. Seine Frau war zehn Jahre zuvor, bei dem großen Bombenangriff des vierten November '44, ums Leben gekommen. Eigentlich hatte er sich gar kein Gerät anschaffen wollen, da er Neuerungen prinzipiell skeptisch gegenüberstand und sich mit dem Radio ausreichend versorgt fühlte. Seine Tochter aber meinte, wozu soll das Geld denn auf dem Konto vergammeln, außerdem sei das doch bestimmt eine nette Abwechslung.

Ansonsten ist über Juskowiak nur noch zu sagen, dass er ein sehr starker Raucher war, der regelmäßig von lautstarken Hustenanfällen geschüttelt wurde.

Am Morgen des vierundzwanzigsten Dezember Neunzehnhundertvierundfünfzig saßen die Männer des D-Zuges beim Weihnachtsfrühschoppen im »Haus Rabe« (Inh. Willi Jebollek) und diskutierten die letzten Spiele der Oberliga West oder die Flugleistungen ihrer aschgrau gefiederten Brieftauben, während die Frauen sich in ihren Küchen über die

Töpfe beugten, um Suppe oder Soße für das große Weihnachtsabendessen abzuschmecken. In den letzten Tagen hatte es lange und ausgiebig geschneit, was damals, in der »guten alten Zeit«, angeblich immer der Fall war.

Den ganzen Morgen über war meine damals neunjährige Mutter mit ihrem alten Holzschlitten den kleinen Abhang hinter der alten Grundschule hinuntergebrettert. Bei ihr war der kleine Peter, ein infolge einiger Komplikationen bei seiner Geburt stummer und geistig leicht zurückgebliebener Nachbarsjunge, der einen Narren an meiner Mutter gefressen hatte und ihr überallhin folgte. Mit nicht nachlassender Begeisterung rasten die beiden den kleinen Hügel hinunter und zogen den Schlitten wieder hinauf. Meine Mutter lachte und kicherte, während Peter sich immer wieder vor lauter Freude auf den Bauch schlug und gutturale Laute ausstieß.

Als meine Mutter zum x-ten Male den Schlitten nach oben zog, stand dort plötzlich Erika (oder, wie meine Mutter sie noch dreißig Jahre später nannte: die doofe Erika), die in die gleiche Klasse ging wie meine Mutter und noch dazu Herrn Juskowiaks Enkelin war. Die beiden konnten sich nicht leiden und hatten sich schon einige Male mädchenunüblich geprügelt. Auch an diesem Tag gab schnell ein Wort das andere, und die Mädchen versuchten, sich gegenseitig mit überzogenen Prahlereien auszustechen. Und so kam es, dass Erika schließlich meine Mutter anschnauzte: »Ihr habt ja noch nicht mal einen Fernseher!« – eine ziemlich perfide Formulierung, schließlich hatte noch kaum jemand einen. Meine Mutter schnauzte also zurück: »Ach nee, aber ihr, was?« Erika warf sich in Positur und sagte in aller Ruhe: »Natürlich haben wir einen. Und mein Oppa hat auch einen!«

Nun maß meine Mutter dieser Behauptung keine allzu große Bedeutung bei, stritt noch ein wenig weiter mit Erika herum und machte sich dann mit vor Zorn und Minusgraden rotem Gesicht, den armen, verständnislos dreinschauenden Peter im Schlepptau, auf den Heimweg. Später saß sie mit baumelnden Beinen auf einem Stuhl zu Hause in der Küche und sah meiner Omma zu, wie sie die Vorbereitungen für das Weihnachtsessen traf. Beiläufig erzählte meine Mutter von der Begegnung mit »der blöden Erika« und wie das Gespräch zu einer der üblichen Streitereien ausgereift war. »Und dann hat sie auch noch gesagt, wir hätten ja nicht mal einen Fernseher, und ich hab gesagt, ihr doch auch nicht, und da hat sie gesagt, sie hätten wohl einen und ihr Oppa übrigens auch. Blöde Ziege.«

Es dauerte ein paar Sekunden, bis meine Großmutter die Tragweite dieser Äußerung begriff. Dann aber stemmte sie die Fäuste in die gepolsterten Hüften und ließ sich Erikas Behauptung wiederholen. Jetzt fiel ihr auch auf, dass sich Herr Juskowiak in den letzten Monaten noch seltener hatte blicken lassen als sonst ohnehin schon. Eine Zeitlang hatte man eine Frau dahinter vermutet, bis dieses Thema von der Fehlgeburt der jungen Tschechin in Haus Nummer 42 verdrängt wurde. Nun aber, im Lichte der neuen Informationen, sah natürlich alles ganz anders aus: Juskowiak hatte einen Fernseher, den er vor der Hausgemeinschaft verheimlichte! Ein Schwarzseher! Das war eindeutig besser als eine neue Frau.

Meine Omma ließ eine nur halb gerollte Roulade liegen, gab meiner Mutter die Anweisung, meinen Oppa aus dem »Haus Rabe« zu holen, während sie selbst in den zweiten Stock zu Frau Jendritzki eilte, um die neue Lage mit ihr zu beraten.

Es dauerte keine halbe Stunde, bis alle Bescheid wussten. Mein Oppa stand in schwerer Jacke und mit in die Stirn gezogener Schlägermütze, die Hände in den Hosentaschen und mit einer Zigarette im Mundwinkel im Wohnzimmer und beratschlagte mit anderen Familienoberhäuptern. In der Küche hatte meine Omma einen Frauenrat einberufen. Man musste Juskowiak zur Rede stellen. Noch besser: Man musste einen Blick auf das Wunderding werfen, vielleicht sogar einen hinein! Geschlechterübergreifend wurde nach einem Vorwand gefahndet, Juskowiak auf die Pelle zu rücken, bis im Wohnzimmer entschieden wurde, die Angelegenheit sei Chef- und daher Männersache. Es wurden Streichhölzer gezogen. Mein Großvater, der auch Jahre später den Verdacht, dass er betrogen habe, nie ganz ausräumen konnte, gewann und beschloss, Herrn Juskowiak um eine Rohrzange anzugehen, mit der Begründung, ausgerechnet heute, am Heiligen Abend, sei der Wasserhahn in der Küche kaputtgegangen.

Mein Oppa ging hinauf in den dritten Stock. Die anderen Frauen und Männer blieben in der Wohnung meiner Großeltern zurück und harrten aus. Fünf Minuten. Zehn Minuten. Eine Viertelstunde, eine halbe. Meine Mutter saß dazwischen und fragte sich, warum sich alle so aufregten.

Irgendwann hielt es meine Omma nicht mehr aus und ging nach oben. Als Juskowiak die Tür öffnete, fragte sie ganz unschuldig nach ihrem Mann. Ja, der sei hier gewesen, sagte Juskowiak, redete aber nicht weiter und machte auch keine Anstalten, meine Omma hereinzubitten. Es folgte eine gewisse Zeit des Anstarrens. Das Ganze mochte nur ein paar Minuten gedauert haben, für die Vertreter der Hausgemeinschaft, die in der Wohnung im ersten Stock auf Resultate warteten, war diese Zeit dennoch zu lang. Unsicher kamen sie die Treppe hinauf. Juskowiak wurde erst bleich und dann von einem seiner orkanartigen Hustenanfälle geschüttelt. Er knickte in der Körpermitte ein und stützte sich am Türrahmen ab. Es war der Moment, in dem er seine Deckung aufgab, und das wurde von den anderen eiskalt ausgenutzt. Sekunden später nur fielen sie über die Juskowiak'sche Wohnung her und fanden meinen Oppa im Sessel sitzend vor, die Beine ausgestreckt, die Füße schuhlos. Mit einem Bier in der Hand folgte er der Übertragung eines klassischen Konzertes.

Seine List war aufgegangen: Während Juskowiak in der Küche nach der Zange suchte, hatte sich mein Oppa ein wenig umgesehen und den Fernseher gleich neben dem Weihnachtsbaum im Wohnzimmer entdeckt. Nun entlarvt, hatte Juskowiak meinen Oppa als Komplizen gewinnen wollen und ihm den einen oder anderen Abend vor der Flimmerkiste versprochen, wenn er nur ja gegenüber den anderen dichthalte. Als zusätzliche Bestechung hatte er ihm eine Flasche Bier in die Hand gedrückt und den Fernseher eingeschaltet. Mein Oppa, eigentlich ein nur schwer zu erschütternder Mensch, war sofort dem Zauber des neuen Mediums erlegen.

Wie angewurzelt hatte die Hausgemeinschaft auf der Schwelle haltgemacht und das Stillleben mit Großvater betrachtet. Abgesehen vom Fernseher, einem Gerät auf vier Beinen, wunderten sich die ungebetenen Besucher vor allem über den mit bunten Kugeln, kleinen Holzfiguren aus dem Erzgebirge, reichlich Engelshaar und brennenden Stearinkerzen geradezu protzig geschmückten, mehr als mannshohen Weihnachtsbaum. »Kumma, für so wat hatter Geld!«, hieß es allenthalben.

Von der Wohnungstür hörte man Juskowiak husten, aber man hörte auch noch mehr, nämlich das Getrappel vieler Füße, die die Treppe hochgelaufen kamen. Die ganze Straße schien mittlerweile Bescheid zu wissen, und bald drängte eine kaum noch zu überschauende Menschenmenge in die Wohnung des hustenden Witwers. Natürlich wieselten auch einige Kinder herum, mittendrin meine Mutter und der kleine stumme Peter, der wohl am wenigsten von allen begriff, was eigentlich los war. Es wurde gedrängelt und geschoben, man stand einander auf den Füßen, und ganz langsam geriet die Situation außer Kontrolle. Der kleine Peter wollte nur weg hier, fand aber keinen Weg durch die Masse der Beine, begann zu strampeln und Laute auszustoßen, erntete nur genervte Pst-Geräusche und die Mahnung, sich doch gefälligst zu benehmen, wurde schließlich unsanft zurückgestoßen und stürzte in den imposanten Tannenbaum, der sich daraufhin gefährlich neigte und schließlich gegen den kostbaren Fernseher stieß. Das

Gerät kippte seitlich ab und schlug auf dem Boden auf. Es gab einen Knall, dann qualmte es, und Juskowiaks Fernseher hatte sein kurzes Leben ausgehaucht.

Die Stille tiefen Entsetzens breitete sich aus.

Dann bahnte sich von hinten ein Husten durch die Menge. Mit letzter Kraft und karmesinrotem Gesicht drängte Juskowiak nach vorn und befreite den vor Schock starren Peter aus den Zweigen des weihnachtlichen Immergrüns. Das allgemeine Entsetzen löste sich in wildes Geplapper auf und mündete schließlich in Flucht. Zurück blieben ein fassungsloser Hubert Juskowiak, meine Mutter, die den kleinen Peter an die Hand nahm, meine Großeltern und drei oder vier Männer, die mit gezielten Tritten die Kerzen löschten, welche den Wohnzimmerteppich zu entflammen drohten.

Es dauerte ein paar Wochen, bis sich alle wieder beruhigt hatten. Dem kleinen Peter wurde vernünftigerweise kein Vorwurf gemacht, und Hubert Juskowiak nahm von weiteren Regressforderungen Abstand, nachdem mein Oppa ihm einen neuen Teppich verlegt hatte und ihm im »Haus Rabe« drei Monate Freibier auf Kosten der Hausgemeinschaft zugesichert worden war.

Einige Jahre später besaßen dann alle einen Fernseher. Nur Herr Juskowiak schaffte sich zeitlebens keinen mehr an.

Jakob Hein

Fest der Onkels und Dilettanten

An Weihnachten stecken die Mund- und Fußmaler Prospekte bei mir in den Briefkasten. Wahrscheinlich aber eher nicht sie selbst, sondern irgendwelche Helfershelfer. Auf den Prospekten sieht man z.B. den Mundmaler Emil Macho beim Malen eines seiner Gemälde, die man für Schweinegeld zu Weihnachten kaufen soll. Warum besprechen diese talentierten Leute nicht Hörspielkassetten, auf denen sie mit ihrem Elend werben? Warum versuchen sie, ausgerechnet mit dem mein Geld zu bekommen, für das sie am wenigsten geeignet sind? Das ist eben die Weihnachtszeit, die Hochsaison der Nichtskönner. Vasen von motorisch ungeschickten Kindern, Gedichte von geistig Behinderten, Gefühle von Politikern. Dagegen sind die Paralympics noch gar nichts.

Unser Beitrag zu diesem Fest bestand in einer Arbeit als Weihnachtsmann und Weihnachtsengel. Ein Freund hatte uns den Tipp gegeben, wir hatten uns beworben und wurden Anfang November zu einem Vorstellungsgespräch eingeladen. Wir mussten einen Fragebogen ausfüllen und danach zu einem persönlichen Gespräch mit dem Oberweihnachtsmann, der uns höchstens 40-mal darüber in Kenntnis setzte, dass er ja schon Ewigkeiten dabei sei. Wir gaben an, Medizin zu studieren, was das Fragegebiet: »Könnt Ihr auf Deutsch mit Menschen reden?« ein wenig verkürzte. Mein Verhör dauerte dennoch ein bisschen länger, weil sie hören wollten, inwiefern sich der Geburtsort Leipzig auf meine Sprache ausgewirkt hatte. Ick berlinerte, bis sich die Balken bogen und war dabei. Neben mir wurde ein Iraner über die Bedeutung des Weihnachtsfestes ausgequetscht. Die kleine Schreibtischlampe des anderen Obermackers leuchtete ihm ins Gesicht, und er sollte lauter Fragen beantworten, die kein Deutscher jemals beantworten könnte. »Wer wurde an Weihnachten geboren? Warum heißt es das Fest der Liebe? Welche Bedeutung hat der Weihnachtsbaum?« Er tat mir sehr leid, und ich war froh, kein richtiger Ausländer zu sein, dann hätte ich nie bestehen können. Als wir wieder draußen waren, haben die beiden Oberweihnachtsmänner den Iraner bestimmt noch mal richtig in die Mangel genommen. Voll Nierentritte und Fausthiebe auf die Fresse und dabei immer: »Warum heißt es das Fest der Liebe, Kameltreiber?«

Als wir am 06.12. in den Audimax der Technischen Universität mussten, sah ich den Iraner aber wieder. Körperlich anscheinend unversehrt, aber was ging psychisch in ihm vor, mit dieser Coca-Cola-roten Kutte und dem falschen Bart? Wir mussten schon in Kostümen kommen, sonst hätten wir gleich wieder gehen können. Dann setzten wir uns in die Holzbänke und schauten den Oberweihnachtsmännern 2 Stunden beim Rauchen zu, während sie immer sagten: »Wir warten noch einen Moment, dann geht's los.« Danach folgte eine Belehrung in Weihnachtsmannetikette, was man immer und was auf keinen Fall machen durfte. Der erste Teil war kurz: immer freundlich, lustig, mit weißem Bart, hohoho. Niemals durften wir mit Plastikmaske auftreten, das würde zu sehr an Bankräuber erinnern. Niemals sollten wir vom Hausherren einen Schnaps akzeptieren. Erstens wird man durch das viele Rein-in-die-Wärme-im-roten-Mantel, Schwitzen, Raus-in-die-Kälte besonders betrunken. Und zweitens könnte es für die Kinder am Ende der Route eine bittere Enttäuschung sein, wenn der Weihnachtsmann am Heiligabend so riecht, spricht und läuft wie sonst nur der Papa. Niemals durfte ein Engel allein einen Auftrag annehmen. Das hatte man kurzzeitig für die Katholen angeboten, in deren kleine Welt ein Christkind die Geschenke bringt. Das Christkind sei aber vor allem von sabbernden alleinstehenden Männern angerufen worden, die sonst für 40 DM keine geduschte Frau in die Wohnung bekamen. Im Falle militanten Katholizismus sollte der Weihnachtsmann vor der Tür warten, und bezahlen müsste die Familie dennoch für beide. Niemals sollten wir auch rauchen, fluchen oder bunte Schuhe anhaben und selbst die bösesten Kinder nicht schlagen. Unsere Macht an unserem Tag wurde mit diesen Vorschriften geradezu kastriert. Wie sollten wir die Tradition der Angst vor dem Weihnachtsmann im christlichen Abendland erhalten, wenn wir kein einziges Kind unvorhergesehen und blitzartig mit der Rute vermöbeln durften? Auf diese Fragen gab es keine Antworten.

Wir zogen zu einem anderen Hörsaal. Hier war die Presse eingeladen und fotografierte uns beim Absingen plumper Weihnachtslieder. Jetzt hatten wir die Vorprüfungen bestanden und bekamen in einem verschlossenen Umschlag den Termin überreicht, wo und wann wir uns zwei Tage vor Weihnachten unsere Touren abholen durften. Da ich zu diesem Termin dämlicherweise wieder pünktlich war, erhielt ich nochmals die Gelegenheit, den Obermackern beim Rauchen zuzusehen. Der eine spitzte immer die Lippen, lange bevor die Zigarette den Mund erreichte, und drückte dann den Rauch so komisch durch die Nase. Der andere begann einen langen Atemzug, steckte nach 25 % der Zeit die Kippe mit hinein und nahm sie wieder nach 75 % heraus. Dann blies er den Inhalt seiner Lungen wieder heraus, der nur leicht bläulich gefärbt war, im Gegensatz zu dem dicken Qualm, den sich der andere durch die Nase drückte. Sie hießen Lucky Strike und Marlboro Light, in der Reihenfolge. Lucky erzählte noch am Telefon etlichen Leuten, dass er schon seit Ewigkeiten »dabei« ist. Endlich wurde ich aufgerufen. Marlboro sagte, dass es ihm leidtut, aber ich würde ja sehen, was hier los ist. Ich zeigte auf seine Zigarettenschachtel und nickte verständnisvoll. Dann wurde mir endlich unsere Tour ausgehändigt, Marlboro sagte, ich könne sehr froh sein, so viele Familien für einen Anfänger. In dem Umschlag waren auch Parkschilder: »Das ist der Schlitten vom Weihnachtsmann.« Marlboro sagte, damit könne ich am 24.12. überall parken. Ich sagte ihm nicht, dass ich lieber bis zum 2. Feiertag nach einem Parkplatz suche, als dass ich mir solche peinlichen Schilder ins Auto lege, und zog von dannen.

Zu Hause setzte ich mich über einen Stadtplan und machte mich mit der geographischen Struktur eines mir bisher völlig unbekannten Berliner Stadtbezirks bekannt. Dann plante ich unsere Tour zu 14 Berliner Familien nach kürzestem Fahrweg. Da wir Anfänger waren und uns in der Gegend nicht auskannten, rechnete ich pro Familie ca. 45 Minuten. Trotz dieser knappen Kalkulation kam um eine Arbeitszeit von 10½ Stunden heraus, aber Weihnachtsmann am Heiligabend, das war eben kein Zuckerschlecken.

Wir hatten gelernt, uns nicht als Weihnachtsmänner am Telefon zu melden und uns dann von Kindern zutexten zu lassen. Ich rief die erste Familie an: »Ja, hallo, kann ich bitte mal die Mutti sprechen.« Kurzes Warten: »Ja, Frau Schälicke? Hier ist Jakob Hein, Ihr Weihnachtsmann dieses Jahr. Ich wollte die Bescherung mit Ihnen absprechen, können Sie gerade sprechen?« Manchmal war es nicht günstig, wenn die Kinder daneben standen, dann riefen mich die Mütter zurück. Manchmal war Mutti nicht da, und ich sprach mit Vati. Der sagte aber wirklich immer: »Oh, das ist ungünstig. Können Sie bitte nachher noch mal anrufen, wenn meine Frau wieder da ist?« Aber weiter im Text: »Ja, Frau Schälicke, ich würde so gegen 13.30 Uhr bei Ihnen vorbeikommen wollen? Wie, das ist ungünstig? Ich habe noch viele andere Familien, und irgendwo muss ich ja anfangen. 13.30 Uhr sind sie noch bei Oma? Was hatte Ihnen so vorgeschwebt? 17 Uhr. Na, ich werde sehen, was sich machen lässt.« Dann ließ ich mir etwas über die Kinder erzählen, damit ich als allwissender

Weihnachtsmann auftreten konnte. Ich fragte auch, wer noch so da ist und machte mir die ganze Zeit Notizen. Manche Mütter wollten nur, dass der Weihnachtsmann die verpasste Erziehungsarbeit der letzten 364 Tage nachholen sollte. Sie sprudelten die schlechten Eigenschaften ihres Kindes und die notwendigen Ermahnungen des Weihnachtsmannes an ihre Gören nur so heraus. »Kann ich denn Kevin auch für etwas loben?«, fragte ich eine dieser Mütter, als sie zwischen ihren Klagen kurz Luft holte. »Nein, gar nichts«, sagte sie im Brustton der Überzeugung. »Irgendetwas? Überlegen Sie doch bitte noch mal!«, blieb ich hartnäckig. »Na ja, Ostern hat er schön abgewaschen«, kam nach langem Überlegen.

Am Ende meines achtstündigen Telefonmarathons saß ich in der Mitte eines undurchsichtigen Chaos aus Notizen, durchgestrichenen Blättern, Telefonnummern und Namen. Die Tour war ein schlimmes Zickzackmuster, und alle wollten so gegen 17 Uhr beschert werden. Ich hatte es auch nicht geschafft, den letzten Familien die Vorzüge einer mitternächtlichen Bescherung nahezubringen. Mein Engel kochte mir Pfefferminztee, denn ich war dem totalen Stimmverlust bedrohlich nahe, weniger als 36 Stunden vor den großen Momenten.

Am nächsten Tag fuhren wir die Tour auf Probe. Natürlich haufenweise Links-abbiegen-verboten,

Ampeln, deren Rotphasen lang genug für eine komplette Maniküre-Pediküre mit Epilierung waren, usw., aber ich hatte auch nichts anderes mehr erwartet. Die Nacht verbrachte ich unruhig, wälzte mich hin und her und träumte, wie ich auf einen Falk-Plan fiel, der mich in Patentfaltung einschloss und nicht mehr losließ. Der Morgen war nicht viel besser, und so war ich froh, als wir endlich losfuhren. Ich hatte jede Familie instruiert, heimlich genug Geschenke vor die Haustür zu stellen, um einen Weihnachtsmannsack zu füllen. Sollten es mehr Geschenke sein, könnten die Eltern diese dann später hervorzaubern mit dem Satz: »Guck mal, was der Weihnachtsmann noch hiergelassen hat.« Da wir in einer einfachen Gegend mit vielen Mietskasernen bescherten, erwartete ich keine Probleme. Die erste Familie wohnte im 3. Stock. Oberhalb des zweiten Stockwerks war von der Treppe nur noch ein kleiner Trampelpfad zu sehen. Der Rest war bis zum 3. hoch mit Geschenken zugepflastert. Ich schaute in mein goldenes Buch, hier wohnte doch nur ein dreijähriges Mädchen? Wir lauschten kurz an der Wohnungstür, absolute Stille. Es hatte keinen Sinn.

Ich zuckte mit den Schultern, füllte den Sack mit einem Bruchteil der Pakete, tauschte einen kurzen Blick mit meinem Engel und klopfte an. Hinter der Tür brach plötzlich ein riesiger Tumult aus.

Schritte, Stimmen, Glockenklingeln. Nach einiger Zeit machte mir ein kleines Mädchen auf. »Bist Du die Celine?«, fragte ich. Sie nickte nur und rannte zum Bein ihrer Mutter, das sie für den Rest der Zeit umklammert hielt. Na ja, blabla, ich war der Weihnachtsmann, Celine war immer artig gewesen, bekam also auch Geschenke. Zur Einschleimung bekamen alle anwesenden Damen eine Rose mit einem Silberzweig, das hatte uns Marlboro geraten, wegen Trinkgeld. Celine machte das erste Paket auf und freute sich tüchtig über ihr Barbie-Traumhaus, beim zweiten fetzte sie nur noch das Papier ab, und beim dritten war der Ofen aus. Aber nur umgangssprachlich, denn in der Wohnung war eine Affenhitze. »So, danke Weihnachtsmann, jetzt kannst Du wieder gehen«, piepste Celine mich an. Das ließen wir uns nicht zweimal sagen. Papa brachte uns zur Tür, gab uns einen Umschlag, bedankte sich ganz herzlich und wir waren weg. Draußen schauten wir auf die Uhr und waren begeistert: Das Ganze hatte noch nicht einmal fünf Minuten gedauert.

Viele Sachen waren bei den meisten Familien gleich: Es gab überall viel zu viele Geschenke. Die 7-jährigen Jungs hießen Patrick und die 5-jährigen Kevin. Die Oma hatte Tränen in den Augen. Das Zimmer war überheizt. Das Trinkgeld war bei 13 Familien sehr reichlich, nur bei einer bekamen wir beinahe nichts. Sie wohnte in einem schicken Einfamilienhaus und hatte nur den Weihnachtsmann bestellt, während mein Engel draußen im Auto fror. Ich ging durch die verschiedenen Vorzimmer in einen Riesensalon mit Wintergarten, wo mich die bessere Gesellschaft anlächelte. Die 14-jährige Tochter machte gute Miene zum bösen Spiel, ich war hier für den 8-jährigen Anselm. Er sollte mir hoch und heilig versprechen, ab sofort nachts in seinem eigenen Bett zu schlafen, während im Hintergrund die Eltern heftig nickten, Mama noch doller als Papa. Na, ich wusste Bescheid. Trotzdem gab ich mir Mühe, und ausnahmsweise brachte mich Mama zur Tür. »Vielen Dank, das haben Sie ganz toll gemacht!«, sagte sie, und die Hoffnung auf Sex blitzte in ihren Augen. Doch ich war ein guter Weihnachtsmann und nutzte nicht die Zwangslage meiner Arbeitgeber aus. Sie überreichte mir den obligatorischen Briefumschlag. »Warten Sie noch!« Dann rannte sie in die Küche, hantierte herum und kam mit einer Flasche in einer weihnachtlich dekorierten Papiertüte wieder. »Noch mal, vielen Dank. Das ist ein ganz Guter!« Im Auto schaute ich in den Briefumschlag, in dem sich ganz genau der Mindestlohn befand. Statt dem ganz Guten hätte ich lieber das Trinkgeld gehabt. Ich wünschte ihr noch viele kuschelige Nächte mit Anselm und ihrem Mann eine attraktive Sekretärin.

Bei 13 Familien hörte ich 14-mal »Liebaguta Weihnaksman, schaumich nich so böse an. Stecke Deine Rute ein. Ichwill immartichsein.« Nur bei der kleinen Marie-Therese Doppelnachnamen gab es ein anderes Programm. Ihre Mutter war Lehrerin und wohnte in einem Gartenhaus. »Was ist denn ein Gartenhaus?«, hatte ich am Telefon gefragt. »Wenn man durch das Vorderhaus durchgeht, über den Hof.« – »Ach, Sie meinen das Hinterhaus?«, fragte ich. »In Berlin sagt man dazu Gartenhaus«, erwiderte Frau Doppelnachnamen im spitzen Ton. Im 3. Stock vom Gartenhaus erwartete mich dann die 4-jährige Marie-Therese. Mutti reichte ihr eine Gitarre und das Mädchen sang ein langes, unbekanntes Weihnachtslied. Danach legte sie das Instrument weg und sagte ein noch längeres, vollkommen unbekanntes Weihnachtsgedicht auf, in dem es darum geht, dass Marie-Therese nachts allein durch die Gassen ihrer Stadt geht, dort wildfremde Leute anspricht und versucht, sie in philosophisch tiefgründige Gespräche über den Sinn des heiligen Festes zu verwickeln. Ich hatte mir meine Meinung über die Erziehungsmethoden von Frau Doppelnachnamen gebildet. Ein vierjähriges Kind, nachts in Berlin allein auf der Straße! Aber ich hörte mir alles mit großer Ruhe an, denn es dauerte nie länger als 10 Minuten, und die Familien freuten sich, wenn man so tat, als könnte man noch mehrere Stunden sitzen bleiben. Um 18.30 Uhr hatte ich den letzten Patrick und den letzten Kevin beschenkt. Wir hätten noch zur Abschlussparty mit Lucky und Marlboro fahren können, aber daran hatten wir beide kein Interesse mehr. Mein Brustbeutel war mit Geldscheinen vollgestopft, so dass wir trotz tagelanger Arbeit doch noch einen anständigen Stundenlohn erzielt hatten, und es wurde ein Frohes Fest!

Fritz von Herzmanovsky-Orlando

Onkel Tonis verpatzter Heiliger Abend

In München lebte – bis er den Nazis auswich – ein recht merkwürdiger alter Herr, der in weiten Kreisen als der Onkel Toni bekannt und beliebt war. Er war ein Mann von einzigartigem Wissen auf allen Gebieten des Antiquitätenwesens, und Gelehrte aus der ganzen Welt kamen um Rat zu ihm, wenn es sich um recht verzwickte Fragen handelte, wie etwa, ob er Flugschriften aus dem Rokoko über Wanzenvertilgung habe, oder ob Nürnberg oder Augsburg die besseren Meister der Klistierspritzenerzeugung gehabt habe. Auf allen Gebieten abstrusen Wissens war er beschlagen, und er stellte auch sein Wissen als echter Patriot ratlosen Musealbehörden in selbstlosester Weise zur Verfügung.

Einmal kam ich anfangs des Faschings nach München, und einer meiner ersten Gänge war zum lieben alten Freund, dem allverehrten Onkel Toni. Als mir seine alte Haushälterin, Fräulein Mitzi, öffnete, war ihr erstes Wort: »Jessas! Sie san's … Sie san da? na, so was … sagen S' um alles in der Welt nit, dass derselbige schlöcht ausschaugt … naa, waren dös heier Woihnachten …«, und die wackere Matrone – emeritierte Pfarrersköchin – begann zu schluchzen.

»Was hat's denn geben?«, fragte ich besorgt.

»Eingspirrt ham s' eam … am Heiligen Abend … im Kotter is derselbige geschmachtet …«, und die Matrone ersoff förmlich in Rotz und Tränen.

»Warum denn?«, fragte ich besorgt.

»Wögen Verlötzung der Sittlichkeit … zwegn am effentlüchen Örgerniss …« Sie röhrte laut auf.

Ehe ich mich von meinem Schreck erholen konnte, schlürfte schon müden Fußes »Derselbige« – wohl neugierig wegen des Röhrens – in die Küche, die auch hier, wie bei allen Leuten, die auf Bürgersinn und Tugend hielten, als Vorzimmer diente, begrüßte mich tränenden Auges, sichtlich gebrochen, und wackelte neugierig, aber auch vorwurfsvoll mit dem Schnurrbart.

Übrigens trug er – wie immer zu Hause – den historischen Fez des seligen Nietzsche, der schon diesem Verewigten so schändlich gestanden.

Pikiert fing Onkel Toni an: »Dass d' a wieder amal da bist …? Bist sicher schon lang da? Dass d' ieberhaupt noch zum armen, alten Onkel Toni schaugst … weil er gar so im Dröckh sitzt.«

»Sozusagen mein erster Gang ist zu dir«, antwortete ich dem misstrauischen Greis. »Bin vorgestern eingetroffen.«

Ein trauriger Blick voll von Zweifel traf mich. Seufzend setzte Toni hinzu: »So, so. Und vor 14 Täg bist gsehn worden, wie du mit einer stadtbekannten Scheenheit, einer stadtbekannten, in oan Oinspänner die Ludwigstraßn auf und ab gefahrn bist … zwoamal. Vom Balled oane … mir war s' z'moocher.« Er mümmelte wegwerfend.

»Onkel Toni … unmöglich. Wo ich erst kommen bin!«

»Ja. Ja. Weil i an armer alter Mann bin, den 's Schicksal wieder oanmal schön z'sammprackt hat, … z'sammprackt hat … kommst nit zu mir … und mit an Balledschmötterling bist gfahrn … oane mit nackete Haxen … aber, dass d' amal in ormen, alten, gränklichen Onkel Toni schbaziern fahrst – das fallt dir nit ein, wo i a frische Luft so neetig hett …«

»Warum gehst denn nit spaziern?«, replizierte ich.

»I …? Schbaziern gehn? Naa. Dass s' mi am End wieder haschen … naa … A prennts Kind firchtet es Feier.« Und unwirsch drehte er sich um. »Du hast halt weder a Herz noch a Ideal … du mit deine mopsnaseten Madeln.« Seine Miene war streng, als er mich wieder anblickte.

»Also, was ist dir gschehn?«, wollte ich endlich wissen. »Was soll das heißen: haschen?«

Bevor er mit der Sprache herausrückte, schüttelte er lang und vorwurfsvoll den Kopf. Dann fing er an: »Dees warn Weihnachten … dees warn ihrer. Stell dir vor … du woaßt, dass i meine ganze freie Zeit dem Gemeinwohl opfere … dem Vatterland.« Hier erhob er mit wichtiger Gebärde das Gesicht zum Himmel, und eine Träne glänzte im Auge. »Na, und da war i aa am 24. 'zember no im königlichen Kupferstichkabinett und hab an Herrn Direkter gfragt: ›Hamm S' nit an Arbeit für mi ieber d' Feiertäg, was z'bstimmen?‹ – ›Ja‹, sagt der und winkt am Adlatus, der Schrökkhenfux Pepi, an sehr an hoffnungsvoller junger Maann, und sagt eam: ›Gebn S' dem Herrn Hofrat das Portefeuille mit denen erotischen Lithografien …‹ Und dann zu mir: ›Wissen S', so Biedermeiersachln … von Hans Bassaget und so.‹ – ›Jo‹, sag i, ›der Bassaget, das war dir schon a Saumagen.‹ – ›Ja‹, sagt der Direkter, ›dees liegt Eana … da san S' Fachmaan.‹ – ›Alsdann, geben S' her, die Bildeln, i fang gleich an: Waas du heite kannst besorgen, daas verschiebe nicht auf morgen …‹ – ›Naa‹, sagt der Direkter, ›das geht hier nicht zu machen, der Saal hier ist ein effentlicher Oort … und da beinhaltet Eanere Arbeit eine Verlötzung der effentlichen Süttlichkeit!‹ – ›Alsdann geben S' es mir mit, arbeit i halt an Heiligen Abend durch, z'haus …, 's gibt für mi eh kein Christkindl mehr, seitdem mein armes Mutterl nimmer is ...‹« Er nickte bekümmert. »›So?‹, fragte der andere, ›d' Frau Mamaa ist gstorbn? Dees tut mir aber leid! und so a ristige Frau wo die gwesen is! Wie is denn dees kommen?‹ – ›Jo‹, sag i, ›schwörheerig is s' halt gwesn ... und in unseren Hausflur ... Senefelderstraßen 3, is a Fenster, von an Ausschank. Und da is die alte, emsige Frau immer bersehnlich um a Bier gangen, und amal hat s' es Hörrohr hinghalten, weil s' glaubt hat, der Schankbursch will ihr was sagn, und da hat der bsoffene Lackl, der bsoffene, ihr 's oiskalte Bier ins Hörrohr 'gossen ... und davon is s' nimmer genesen ... nimmer genesen ... der Meerder, der ausgschaamte der.‹

Und i nimm 's dicke Paket, wo mit an königlich bayrischen blauweißen Babierschbagat z'sammbunden war, und geh weg. Kaum komm i in d' Gabelsbergerstraßn, kommt dir nit a Windstoß, ganz a entsetzlicher, und reißt mir nit 's Hummerl vom Kopf, das seltene Stickl, wo der Toulouse-Lautrec selig immer tragen hat, um das mi halb München beneidet hat und wo mir immer etwas z'kloan war, das Luder! Aan Kleiderpracker von der Lola Montez hab i dafür in Tausch geben, mit dem s' immer an Keenig Ludwig ... Aber pscht! dass dees nit in di Sozibätter kommt. Alsdann, i hab 's königliche, mir anvertraute Gut fest unterm Arm einidruckt und heb die Linke, um in Hut z'halten ... aber der fliegt weg … i will eam halten … reißt mir nit der Wind 's Baaged aus der Hand … und huidla … zerstreut die ganzen seltenen Blätter auf der Straßn. I ruef um Hilfe, kommt da nit aane Mädchenschule, alle paarweis … was von zwa Nonnen schbaziern geführt worden san? Glei sein s' ausgschwarmt, die Fratzen, und sind denen Blatteln nachglaufn … und viele habn mir s' bracht und waren ganz derrötet wie die Paradeiser … und i hab mi gschamt. Aber 's Publikum is ieber mi her und hat grufen: ›Wöndet Lünchjustiz aan … Batzi, ausgschaamter … Verführer … Saumagen, verdöchtiger … schizzet unsere Jugend … und no dazu am Heulign Abend … hauts den Schweinkerl, den alten‹ und ›hauts eam, hauts eam‹, is gangen. Und wieder andere: ›Schmeißts eam in d' Schbringbrunnen!‹ Zum Glück war der eingfreert. Und immer mehr sein mir nach, und es war ein Riesenhaufen, der ganz entsetzlich gstunken hat, nach Schnabs und Fusl, und einer hat mir mit einer Häringsbratzn eine gebn wolln … es war halt der Mob. Da is zum Glück d' Bolizei kommen und hat mi in d' Weinstraßn bracht … weil s' aber grad zwelfi gleitet habn, hamm s' nimmer mit mir an Brotogoll aufgnommen und mi glei beim Eingang in an finstren Kotter gsperrt, und i hab koane Stitzerln mehr ghabt und oan Stiwlettn hab i no verlorn … und hab die ganze Zeit auf aan Fuß stehn missen wegen der Gicht.

Am Schluss hab i mi am oiskalten Boden setzen müssen, am oiskalten… Und als um zwei 's Haus wieder sich angfüllt hat, hab i um Hülfe gruffen und waas zum Essen habn wollen… irgend a Fastenschbeiss… Karpfenkepf mit Knofel… und woaßt, was s' mir durch die Türe zugrufn haben? ›Kusch!‹«

Er rang die Hände, verzweiflungsvoll blickend. »Dees an großherzoglichen Hofrat… an großherzoglich hessischen! Aber um finfe haben s' mi brotokolliert und endli freiglassen, aber i hab so Gichtschmerzen ghabt, dass i nit hab gehen können, und da ham s' mi auf d' Straßenbahn verladen wollen, i aber hab an Dachsi geheischen, sie hamm mich aber verlachet, dieselbigen, und hamm mi auf an Bolizeiwagen in d' Wohnung ieberstellt, und das hab i zahln müssn. 43 Fennig!… 43. Ja. Bluatigi Fennig. No, was glauben s' denn? I kann dös Geld ja nit bei der Axel aussischwiezen.«

Onkel Toni nickte bekümmert und turnte mit dem ergrauten Schnurrbart. Dann sagte er: »Auweh.«

»Was hast denn?«

»Mi schmerzen d' Frostballen so, wo i am Hintern hab!«

»Was?«, fragte ich, entsetzt von diesem nie Gehörten.

»Jo«, schniefelte die gute Mitzi, »wo er doch auf

der Erd, der oiskalten, hat siezen müssen, wo eam d' Fieß nimmer tragen haben.« Das Gerötzel der guten Matrone ging in lautes Schluchzen auf.

»Geben S' eam a Sitzbad in Petroleum«, war mein Rat, »aber zünden S' 'n dann nit an! Sonsten wird er a Fackel des Nero!«

»Da Nero? Der Hundling, der ausgschaamte, der Wallische«, schrie Mitzi.

»A Fagkl des Nero ...«, murmelte der »derfreerte« Hofrat und blickte tief besorgt in die Ecke. »Waas man alles von a paar Biedermeierbüldeln haben kann ... völlig nicht zum glauben.«

»Zeichnen had er auch nit können, der Saumagen, der Bassaget«, sagte ich.

»Naa«, ereiferte sich Onkel Toni, »naa, dös derfst nit sagen! Schbeziell die Pudenda ... einfach gustios! Vor die muss jeder 'n Huat abnehmen! Jawohl!«, und er mümmelte wie toll. »Du hast ieberhaps koan östhetischen Sinn! Du, mit doane mopsnaseten Mödchen! Da hättst zum Feuerbach, gottselig, in d' Lehr gehen müssen! Schön san nur Nasen, dreimal so lang, wie's heund Modi is ...« Und er wendete sich zur Wand und entließ mich in Ungnade.

Roland Topor

Fest- und Feiertage

Robin Dubois konnte Fest- und Feiertage nicht ausstehen, aber ganz besonders hasste er Weihnachten.

»Alle diese essenden, trinkenden, singenden und tanzenden Leute, einfach schauderhaft …«

Sobald die ersten rotbeschmierten Weihnachtsmänner an den Fenstern der Cafés und Restaurants auftauchten, wurde er griesgrämig wie ein galliger Hagestolz.

Er war jedoch noch nicht dreißig und mit keinem Leberleiden behaftet. In dem kleinen Verlagshaus, wo er unlesbare Manuskripte umschrieb, wurde gemunkelt, dass der Heilige Abend ihn an die Trennung von einer geliebten Frau erinnerte. Doch keiner wusste etwas von einer festen Freundin oder von kurzlebigen Abenteuern. Brigitte, die die Reihe ›Frauen‹ leitete, und Annette, die Pressesprecherin, ließen es sich nie nehmen, ihn ab Anfang Dezember zu bearbeiten:

»Verbringen Sie doch den Heiligen Abend bei uns,

Robin. Wir sind ganz unter Freunden, völlig zwanglos ...«

Doch Robin Dubois lehnte die Einladung stets ab. Brigitte und Annette seufzten (Robin hatte etwas von Cary Grant), und jedes Jahr verlebte der junge Mann den gloriosen Heiligen Abend allein zu Hause, wobei ihn noch dazu ein leises Reuegefühl piesackte, denn vielleicht hätte er doch ausgehen sollen, um sich zugleich mit den anderen zu amüsieren.

Die wenigen Male, die er es versucht hatte, waren fürchterlich gewesen. Und da sich dasselbe Problem eine Woche später an Silvester stellte, war Robin allmählich ganz schön mit den Nerven herunter. Doch dieses Jahr keimte in seinem Gehirn eine glänzende Idee. Um das schwierige Kap wie im Traum zu umschiffen, brauchte er nur in der Nacht vom 23. zum 24. so toll auf den Putz zu hauen, dass er in der folgenden Nacht einfach zu müde war, um sich mit der leidigen Frage zu befassen. Allerdings machte er den Fehler, Charles Leslie, den literarischen Direktor des Verlags, in seinen Plan einzuweihen.

»Wenn ich recht verstehe«, sagte dieser, zitternd vor Erregung, »wirst du den Heiligen Abend zu Hause verbringen?«

»Ja, weit entfernt von der lärmenden Menge, in stiller Beschaulichkeit.«

Charles Leslie machte einen Luftsprung.

»Dann kannst du ja Attila hüten … Ich meine, Jérôme. Du bist mein rettender Engel, alter Kumpel. Josettes Eltern sind auf Reisen, die meinen auf dem Land. Wir sind bei Freunden eingeladen und dachten schon, wir müssten absagen. Kannst du den Kleinen einen Abend lang hüten? Würdest du das für uns tun?«

Robin brachte es nicht übers Herz, ihm die Bitte abzuschlagen.

Am Abend des 23. feierte er so lange, dass er den 24. fast völlig verschlief.

Er wurde von der vollzähligen Familie Leslie geweckt.

»Nie werde ich vergessen, was Sie heute für uns tun, Monsieur Dubois«, erklärte Josette. »Jérôme hat versprochen, artig zu sein, nicht wahr, Jérôme?«

Das Kind tat den Mund nicht auf. Mit hinterhältigen Blicken musterte es Robin, um seine Lippen spielte ein grausames Lächeln.

»Nicht wahr, Jérôme?«, sagte nun Charles Leslie in so drohendem Ton, dass er ein störrisches ›Ja‹ zur Antwort bekam.

Das Ehepaar Leslie machte es kurz. Sie murmelten etwas von einem Zug und verschwanden, ohne sich noch einmal umzublicken.

Es war acht Uhr abends.

»Hast du Hunger?«, erkundigte sich Robin.

»Nein. Außerdem esse ich nicht jeden Dreck. Wenn Sie meinten, mich vergiften zu können, dann sind Sie schief gewickelt.«

»Ich finde dich reichlich erwachsen. Wie alt bist du, Jérôme?«

»Ich bin sechs, und ich gehe in die Schule, aber die Lehrerin ist fies, daher werde ich sie töten. Ich habe eine Pistole, und wenn ich wollte, könnte ich Sie auch töten. Es ist eine Pistole mit Bleikugeln, die sehr wehtun. Mein Name ist Jérôme, aber man nennt mich Attila. Der Weihnachtsmann bringt mir ein großes Gewehr mit einem Bajonett, damit kann ich alle Ihre Bücher aufschlitzen!«

»Bis es so weit ist, gehst du brav schlafen. Ich erzähle dir auch eine Geschichte.«

Nach hartem Feilschen brachten sie schließlich einen Kompromiss zustande. Attila, der das Laken bis unters Kinn gezogen hatte, diktierte seine Bedingungen:

»Ich will weder Rotkäppchen noch Dornröschen und auch nicht Aschenputtel. Sie sollen mir in der Zeitung die Unglücksfälle und Verbrechen vorlesen.«

»Ich habe keine Zeitung.«

»Dann will ich einen Kriminalroman mit einem Haufen Verbrechen.«

»Ich habe keinen Kriminalroman.«

»Dann erzählen Sie mir halt die Geschichte von

dem Ungeheuer, das in einer Flasche eingeschlossen war und das zugleich mit der Flasche zerbrochen wurde. Es hatte nur noch eine Hand, einen Beinstummel und ...«

Der mordlustige Attila war eingeschlafen. Robin begab sich ins Wohnzimmer, um einen Lektoratsbericht über ein Manuskript abzufassen, das noch schwachsinniger war als das, was er sonst zu lesen bekam.

Mitternacht war schon vorüber, da ertönte ein schriller Schrei im Zimmer, wo Jérôme untergebracht war. Robin stürzte hinein und hätte in der Eile beinahe die Tür eingeschlagen.

Ein Männlein mit rotem Gewand, einem Sack, Stiefeln und einem schief übers Gesicht geklebten Bart, offensichtlich ein Weihnachtsmann, versuchte gerade, in Richtung Kamin zu entfliehen. Robin nahm ihn in den Schwitzkasten.

»Alles in Ordnung, Jérôme? Hat er dir auch nicht wehgetan?«

»Doch«, heulte das Kind und zog seine Schlafanzughose hoch. »Er wollte mich verhauen.«

»Das ist ja die Höhe!«, schrie der Weihnachtsmann mit sich überschlagender Stimme. »Dieser Balg ist eine öffentliche Gefahr. Er hat mich mit seinem Revolver bedroht und versucht, mich auszurauben. Er hat den Moment ausgenutzt, als ich gerade seine Schuhe mit Geschenken füllte, um mir einen Schlag auf den Kopf zu versetzen. Beinahe hätte ich dabei ein Auge verloren …«

»Was treiben Sie überhaupt bei mir? Sind Sie durch den Kamin hereingekommen?«

»Ja, nun ja, ich …«

»Der Weihnachtsmann hat angefangen, Monsieur Dubois, er hatte Geschenke für mich, aber sie sind zu scheußlich, da wollte ich sie umtauschen, aber er hat versucht, mir den Hintern zu versohlen.«

»Was! Diese Spielsachen sollen scheußlich sein? Die schönsten Stücke der Grant-Stiftung? Das geht zu weit! Was wollen Sie denn haben? Vielleicht eine Geruchsklingel? Einen Gelatinezug? Physiologischen Leim? Ein behaartes metrisches System? Eine ordentliche Tracht Prügel wäre das einzig Richtige für Sie!«

Robin Dubois kratzte sich am Kopf.

»Hm … Tja … Attila ist ein recht eigenartiges Kind, aber das scheint mir noch kein Grund, um am Weihnachtsabend bei fremden Leuten einzubrechen. Sie hätten ja auch auf einen bissigen Hund stoßen können!«

»Kein Hund, nicht einmal ein bissiger, ist so schlecht erzogen wie Ihr Sohn.«

»Erstens ist er nicht mein Sohn, zweitens haben Sie weiß Gott kein Recht, mir die Leviten zu lesen!

Und drittens sollten Sie jetzt erst einmal diese lächerliche Verkleidung ausziehen!«

»Nein!«

»Doch.«

Attila packte den Weihnachtsmann am Bart, der sich sofort ablöste, dasselbe geschah mit der Mütze und der Perücke. Robin sperrte Mund und Nase auf.

Sobald die enganliegende Kappe herunter war, strömte eine herrliche blonde Mähne über die Schultern des jungen Mädchens. Geradezu herausfordernd riss sie noch die grotesken Brauen ab, die sie entstellten. Sie hatte wirklich ein bezauberndes Gesicht: eine hübsche, gewölbte Stirn, ein entzückendes Näschen, etwas aufgeworfene, aber frische und wohlgeformte Lippen, ein Kinn, das weder zu groß noch zu klein war … Robin konnte sich nicht erinnern, je ein so niedliches Kinn gesehen zu haben.

»Sie sind eine Frau«, sagte er ein wenig töricht.

»Davon war ich immer überzeugt.«

»Wissen Sie, viel gibt es bei mir nicht zu stehlen.«

»Na klar, sonst wäre ich ja nicht hergekommen.«

Robin war fasziniert. Er bot ihr einen Stuhl an und setzte sich auf die Bettkante.

»Ich verstehe nicht.«

»Das ist ganz einfach. Ich gehöre der Hoscar-

Mission an. Mein Name ist Linda Cristal, unverheiratet, Kreditnummer W 2007 Y, Fahrzeug ZZ23.«

Zerstreut blickte er zu Attila hinüber, der mit Feuereifer alle Gegenstände, die der Sack enthielt, zerstörte. Er fürchtete, den Boden unter den Füßen zu verlieren.

»Was ist das, diese Hoscar-Mission?«

»Eine Hilfsorganisation für unterentwickelte Epochen. Natürlich gehört die Ihre dazu. Ich komme aus dem 25. Jahrhundert, ohne jede Zwischenlandung. Wir leben in einigem Wohlstand, ohne dass wir zu Egoisten geworden sind. Die Vorstellung, dass einige Jahrhunderte, einige Stunden von uns entfernt Menschen im Elend leben und sterben, macht uns sehr zu schaffen. Mitfühlende Herzen haben sich erbarmt. So wurde die Hoscar-Mission gegründet. Freilich sind wir nicht in der Lage, den Lauf der Geschichte zu ändern, wir können uns nur in kleinem Rahmen betätigen.«

»Rahmen? Was für ein Rahmen?«

Linda Cristal stieß einen unwilligen Seufzer aus, aber da Robin gar so verdattert dreinsah, fasste sie sich in Geduld.

»Sie wissen doch, die Kinder haben immer am meisten zu leiden, deshalb verkleiden wir uns als Weihnachtsmänner, um nicht aufzufallen, und bringen ihnen hübsche Geschenke.«

»Die Geschenke sind nicht hübsch, sie sind grässlich«, kreischte Jérôme und schwang die Überreste einer enthaupteten Puppe durch die Luft.

Linda runzelte ihre niedlichen Brauen.

»Man kann euch doch nicht dieselben Geschenke bringen wie den Kindern meiner Epoche! Und wir sind nicht reich. Wir haben uns an alle großzügigen Spender wenden müssen. Übrigens haben sich die Familien als sehr geberfreudig erwiesen, denn im Augenblick gibt es eine starke Welle der Sympathie für das 20. Jahrhundert. Und ihr findet das ungenügend? Ihr seid schlicht undankbar!«

»Ich will einen Gelatinezug«, skandierte Attila. »Sonst ziepe ich dich an den Haaren. Geschieht dir dann ganz recht!«

Die arme Linda brach in Tränen aus.

»Wir wollten Ihnen eine Freude machen, und so danken Sie es uns! Sie wollen mich an den Haaren ziepen. Sie sind ein böser Junge!«

Robin reichte ihr sein Taschentuch. Sie dankte ihm mit einem armseligen Lächeln und tupfte sich die Augen ab, ohne im Sprechen innezuhalten.

»Ein Stück Schokolade oder einen Kaugummi nehmen Sie doch von mir?«

Attila schüttelte den Kopf.

»Das Zeug ist alt, es schmeckt nicht mehr.«

Sie verbarg das Gesicht in den Händen.

»Ihr seid bloß arme, verbitterte, unterentwickelte Menschen. Man hat mich gewarnt, aber ich wollte es nicht glauben. Dabei setzte ich so große Hoffnungen auf diese Reise!«

»Aber wir wollten gar nichts von euch«, sagte Robin leise. »Und doch bin ich sehr glücklich darüber, dass Sie gekommen sind … Wie reisen Sie eigentlich? Wo ist Ihr Fahrzeug?«

Sie holte eine Art Spritze aus einer Tasche ihres Anzugs.

»Es ist ganz einfach, man braucht sich nur …«

Attila spannte den Hahn seines Revolvers und drückte ab. Die Spritze zersprang in tausend Stücke, Tropfen einer blassblauen Flüssigkeit versickerten im Teppichboden.

»Das geschieht dir recht«, jauchzte der reizende Knabe, »du hättest mir eben den Gelatinezug schenken sollen.«

»Meine Maschine«, jammerte Linda. »Nie mehr werde ich ins 25. Jahrhundert zurückkehren können. Nie mehr werde ich meine Freunde von der Hoscar-Mission sehen, auch nicht meine Eltern und Denis …«

»Wer ist dieser Denis?«, fragte Robin erbost. Noch nie war ein wildfremder Mensch ihm so unsympathisch gewesen.

»Ein wirklich guter, feiner Mensch …« Sie wurde feuerrot, und ihre Stimme erstarb.

»Eine Epoche ist nicht schlechter als eine andere«, plädierte Robin. »Mit größtem Vergnügen biete ich Ihnen die Gastfreundschaft in der meinen an. Ich finde Sie großartig!«

Sie schniefte, rieb sich die Augen, schien aufs höchste verwundert.

»Es ist unglaublich, einfach unvorstellbar«, murmelte sie.

»Was ist unvorstellbar?«

»Ich weine nicht mehr.«

»Das stimmt. Ihre Augen sind trocken.«

»Aber es gibt doch nichts Schlimmeres, Entsetzlicheres, als in eine andere Epoche verbannt, in einer anderen Zeit verlorengegangen, gestrandet zu sein. Welch schrecklicheres Unglück könnte einem Menschen überhaupt zustoßen?«

»Fassen Sie Mut! Ich werde mein Möglichstes tun, um Ihren Verlust wettzumachen, um Ihnen zu helfen.«

»Ich weine aber nicht! Ich will nicht sterben! Ganz im Gegenteil, ich habe eher Lust, zu lachen und dummes Zeug zu schwatzen! Verstehen Sie, was das bedeutet?«

»Nein«, sagte Robin mit klopfendem Herzen.

»Das bedeutet, dass ich mich nicht allein fühle, dass ich glücklich bin, mit Ihnen in derselben Epoche, in derselben Sekunde zu leben. Das bedeutet, dass ich Sie liebe.«

»Ich bin zwar nur ein verbitterter, unterentwickelter Mensch, aber ich liebe Sie auch.«

Sie küssten sich lange, nachdem sie Attila gewaltig den Hintern versohlt hatten. Seit jener Zeit glaubt dieser nicht mehr an den Weihnachtsmann, Robin aber glaubt für zwei.

Klabund

Weihnacht

Ich bin der Tischler Josef,
Meine Frau, die heißet Marie.
Wir finden kein' Arbeit und Herberg'
Im kalten Winter allhie.

Habens der Herr Wirt vom goldnen Stern
Nicht ein Unterkunft für mein Weib?
Einen halbeten Kreuzer zahlert ich gern,
Zu betten den schwangren Leib. –

Ich hab kein Bett für Bettelleut;
Doch scherts euch nur in den Stall.
Gevatter Ochs und Base Kuh
Werden empfangen euch wohl. –

Wir danken dem Herrn Wirt für seine Gnad
Und für die warme Stub.
Der Himmel lohns euch und unser Kind,
Seis Madel oder Bub.

Marie, Marie, was schreist du so sehr? –
Ach Josef, es sein die Wehn.
Bald wirst du den elfenbeinernen Turm,
Das süßeste Wunder sehn. –

Der Josef Hebamme und Bader war
Und hob den lieben Sohn
Aus seiner Mutter dunklem Reich
Auf seinen strohernen Thron.

Da lag er im Stroh. Die Mutter so froh
Sagt Vater Unserm den Dank.
Und Ochs und Esel und Pferd und Hund
Standen fromm dabei.

Aber die Katze sprang auf die Streu
Und wärmte zur Nacht das Kind. –
Davon die Katzen noch heutigen Tags
Maria die liebsten Tiere sind.

Ludwig Thoma

Eine Weihnachtsgeschichte

Am Heiligen Abend saß ein Mann verlassen und einsam in der Wirtschaft zum weißen Elefanten. Er hieß Martin Söll und war ein Registrator. Heute war er recht ärgerlich, weil die anderen Stammgäste nicht gekommen waren, und er trank sein Bier mit Verdruss und schimpfte über das Weihnachtsfest. Da stand plötzlich ein Engel hinter ihm, der hatte ein langes, weißes Gewand an; das roch gut nach Pfefferkuchen. Die himmlische Erscheinung beugte sich nieder zu dem Zecher und berührte ihn bei der Schulter. Söll wandte sich um, und als er den Engel sah, brummte er: »Mach dass d' weiter kimmst! I kauf' nix!« Er glaubte nämlich, der Engel sei ein Hausierer, weil er ein Christbäumchen in der Hand trug.

Nach einer Weile berührte ihn der Engel wieder und sprach: »Martin, erhebe dich und folge mir!« Aber Söll fragte unwirsch: »Wer san denn Sie überhaupts?« Dieser antwortete: »Ich bin der Engel Asriel, und ich mahne dich, dass du heimgehen sollst und nicht einsam trinken an diesem Heiligen Abend, des sich alle Menschen erfreuen.« Und er sprach weiter mit gütigen Worten, bis Martin Söll seinen Hut aufsetzte und ihm folgte.

Auf der Straße blieb Martin stehen. »Was tu' i denn dahoam?«, fragte er. »Du sollst mit den Deinen fröhlich sein und ihnen das kleine Bäumchen bringen«, sagte der Engel. Wieder gingen sie einige Schritte. Es war eine feierliche Nacht. Die Flocken fielen hernieder und bedeckten die Erde. »Sieh doch, wie schön das ist!«, sagte der Engel. »Das kost't wieder an Haufen Geld, bis der Schnee wegg'schaufelt is«, antwortete Martin. Und er sagte, es reue ihn, dass er nicht sitzen geblieben sei und noch eine Maß getrunken habe. Er blieb wieder stehen.

Da zog ihn der Engel fort und sprach: »Alle Menschen bleiben heute zu Hause. Nur du willst deine Familie meiden.« – »Kennen Sie vielleicht meine Frau?«, fragte Martin. »O ja«, sagte Asriel. »Und ihre Schwester, die kennen Sie auch?« – »Gewiss; ich bin ja immer in deiner Nähe; Gott hat dich mir zum Schutze anvertraut.«

»Sie san mei' Schutzengel? Nacha drucken's Ihnen aber glei!«, sagte der Registrator zornig. »Warum hamm denn Sie mich heiraten lassen? San Sie auch noch ein Schutzengel? Da is mir ja jeder Gendarm lieber.«

»Ich weiß, dass du nicht glücklich bist!«, erwiderte der Engel. »Aber siehe, gerade heute will ich Frieden stiften zwischen dir und deinem Weibe. Komm schnell!« Martin ließ sich nur mit Widerstreben fortziehen, und Asriel musste oft Gewalt anwenden. Er führte ihn durch die Straßen der Stadt, und wo ein Fenster erleuchtet war, zeigte er dem Registrator, wie glücklich die Menschen am Heiligen Abend sind.

Aber je näher sie an Martins Wohnhaus kamen, desto langsamer wurden die Schritte, und Asriel redete immerzu voll Güte.

»Siehe, ich war bei dir an deinem Hochzeitstage.«

»So?«

»Deine junge Braut war lieblich anzusehen mit dem Myrtenkränzlein im Haare.«

»So?«

»Ihre Wangen färbten sich rot, als sie dir das Jawort vor dem Altar gab.«

»Geh, hören S' auf!«, sagte Martin. »Ich will Ihnen was sagen, Herr Asriel, wenn Sie g'scheit san, kehr'n mir um und trinken miteinander a Maß im Elefanten.«

»Wie kannst du so reden?«, fragte der Engel vorwurfsvoll. »Und doch hast du ihr zärtliche Namen gegeben, als ihr allein waret nach der Trauung.«

»So?«

»Du hast zu ihr gesagt, deine Liebe würde stärker mit jedem Tag!«

»Hab i dös g'sagt?«

»Ja, Martin, und jetzt soll es wieder so werden zwischen euch. Am Heiligen Abend öffnen sich die Herzen, und die Menschen finden sich wieder in Liebe.«

Martin gab keine Antwort und schritt zögernd dahin. Plötzlich fragte er: »Sie, Herr Asriel, könnt's ihr Engel in die Zukunft schauen?«

»Sie ist uns nicht verschlossen wie euch Irdischen.«

»Was sehg'n Sie dann von meiner Zukunft?«

»Ich sehe dich friedlich in deinem Zimmer sitzen. Das Christbäumchen steht auf dem Tische, und helle Lichter brennen in seinen grünen Zweigen. Deine Augen sehen fröhlich in den Glanz, und dann richten sie sich voll Liebe auf die lachende Frau, die neben dir auf dem Sofa sitzt.«

»Dös sehg'n Sie alles?«

»So deutlich, wie du die Gegenstände siehst, welche du mit Händen greifen kannst. Ich sehe dich, wie du den Arm um ihren Hals legst. Sie schmiegt das Köpfchen an deine Brust, und du gibst ihr die alten Kosenamen wieder.«

»Also, wenn dös koa Schmarr'n ist …«, sagte Martin.

»Es ist die Wahrheit«, sagte Asriel ernst.

Unter diesen Gesprächen waren sie bei der Wohnung des Registrators angelangt. Im ersten Stockwerk brannte ein Licht.

»Siehst du, sie erwartet uns«, sagte der Engel und griff nach der Glocke.

»Halten S'! Net läuten!«, flüsterte Söll.

»Warum nicht?«

»Lassen S' Ihnen raten. Es is g'scheiter, wenn wir umkehren.«

»Nein, Martin, du sollst heute dein Glück wiederfinden.«

Der Engel zog an der Glocke. Einen Augenblick war es still, dann öffnete sich oben das Fenster, und eine weibliche Stimme fragte: »Wer is da?«

»Ich bin es, der Engel Asriel, und ich bringe dir deinen Mann!«

»Warten S' an Augenblick!«, sagte die Stimme.

Martin wollte sich von dem Engel losmachen, aber dieser hielt ihn fest.

»Freue dich, Martin«, sagte er. »Es ist ein fröhlicher Abend.«

Und er begann, leise mit herrlicher Stimme zu singen: »Vom Himmel hoch, da komm' ich her …«

Er kam nicht weiter.

Ein staubiger Besen fuhr ihm zwischen die Zähne, und er verspürte heftige Schläge an allen Teilen seines Körpers. Und ein Guss kam von oben, dass er um und um nass wurde.

Da wandte sich Asriel betrübt zum Gehen.

Erich Kästner

Ein Kind hat Kummer

Nur einmal in jedem Jahr hätte ich sehnlich gewünscht, Geschwister zu besitzen: am Heiligabend! Am Ersten Feiertag hätten sie ja gut und gerne wieder fortfliegen können, meinetwegen erst nach dem Gänsebraten mit den rohen Klößen, dem Rotkraut und dem Selleriesalat. Ich hätte sogar auf meine eigene Portion verzichtet und stattdessen Gänseklein gegessen, wenn ich nur am 24. Dezember abends nicht allein gewesen wäre! Die Hälfte der Geschenke hätten sie haben können, und es waren wahrhaftig herrliche Geschenke!

Und warum wollte ich gerade an diesem Abend, am schönsten Abend eines Kinderjahres, nicht allein und nicht das einzige Kind sein? Ich hatte Angst. Ich fürchtete mich vor der Bescherung! Ich hatte Furcht davor und durfte sie nicht zeigen. Es ist kein Wunder, dass ihr das nicht gleich versteht. Ich habe mir lange überlegt, ob ich darüber sprechen solle oder nicht. Ich will darüber sprechen! Also muss ich es euch erklären.

Meine Eltern waren, aus Liebe zu mir, aufeinander eifersüchtig. Sie suchten es zu verbergen, und oft gelang es ihnen. Doch am schönsten Tag im Jahr gelang es ihnen nicht. Sie nahmen sich sonst, meinetwegen, so gut zusammen, wie sie konnten, doch am Heiligabend konnten sie es nicht sehr gut. Es ging über ihre Kraft. Ich wusste das alles und musste, uns dreien zuliebe, so tun, als wisse ich's nicht.

Wochenlang, halbe Nächte hindurch, hatte mein Vater im Keller gesessen und, zum Beispiel, einen wundervollen Pferdestall gebaut. Er hatte geschnitzt und genagelt, geleimt und gemalt, Schriften gepinselt, winziges Zaumzeug zugeschnitten und genäht, die Pferdemähnen mit Bändern durchflochten, die Raufen mit Heu gefüllt, und immer noch war ihm, beim Blaken der Petroleumlampe, etwas eingefallen, noch ein Scharnier, noch ein Beschlag, noch ein Haken, noch ein Stallbesen, noch eine Haferkiste, bis er endlich zufrieden schmunzelte und wusste: Das macht mir keiner nach!

Ein andermal baute er einen Rollwagen mit Bierfässern, Klappleitern, Rädern mit Naben und Eisenbändern, ein solides Fahrzeug mit Radachsen und auswechselbaren Deichseln, je nachdem, ob ich zwei Pferde oder nur eins einspannen wollte, mit Lederkissen fürs Abladen der Fässer, mit Peitschen und Bremsen am Kutschbock, und auch dieses Spielzeug war ein fehlerloses Meisterstück und Kunstwerk!

Es waren Geschenke, bei deren Anblick sogar Prinzen die Hände überm Kopf zusammengeschlagen hätten, aber Prinzen hätte mein Vater sie nicht geschenkt.

Wochenlang, halbe Tage hindurch, hatte meine Mutter die Stadt durchstreift und die Geschäfte durchwühlt. Sie kaufte jedes Jahr Geschenke, bis sich deren Versteck, die Kommode, krummbog. Sie kaufte Rollschuhe, Ankersteinbaukästen, Buntstifte, Farbtuben, Malbücher, Hanteln und Keulen für den Turnverein, einen Faustball für den Hof, Schlittschuhe, musikalische Wunderkreisel, Wanderstiefel, einen Norwegerschlitten, ein Kästchen mit Präzisionszirkeln auf blauem Samt, einen Kaufmannsladen, einen Zauberkasten, Kaleidoskope, Zinnsoldaten, eine kleine Druckerei mit Setzbuchstaben und, von Paul Schurig und den Empfehlungen des Sächsischen Lehrervereins angeleitet, viele, viele gute Kinderbücher. Von Taschentüchern, Strümpfen, Turnhosen, Rodelmützen, Hemden und ähnlich nützlichen Dingen ganz zu schweigen. Es war ein Konkurrenzkampf aus Liebe zu mir, und es war ein verbissener Kampf. Es war ein Drama mit drei Personen, und der letzte Akt fand, alljährlich, am Heiligabend statt. Die Hauptrolle spielte ein kleiner

Junge. Von seinem Talent aus dem Stegreif hing es ab, ob das Stück eine Komödie oder ein Trauerspiel wurde. Noch heute klopft mir, wenn ich daran denke, das Herz bis in den Hals. Ich saß in der Küche und wartete, dass man mich in die Gute Stube rief, unter den schimmernden Christbaum, zur Bescherung. Meine Geschenke hatte ich parat: für den Papa ein Kistchen mit zehn oder gar 25 Zigarren, für die Mama einen Schal, ein selbstgemaltes Aquarell oder – als ich einmal nur noch 65 Pfennige besaß – in einem Karton aus Kühnes Schnittwarengeschäft, hübsch verpackt, die sieben Sachen. Die sieben Sachen? Ein Röllchen weißer und ein Röllchen schwarzer Seide, ein Heft Stecknadeln und ein Heft Nähnadeln, eine Rolle weißen Zwirn, eine Rolle schwarzen Zwirn und ein Dutzend mittelgroßer schwarzer Druckknöpfe, siebenerlei Sachen für 65 Pfennige. Das war, fand ich, eine Rekordleistung! Und ich wäre stolz gewesen, wenn ich mich nicht so gefürchtet hätte.

Ich stand also am Küchenfenster und blickte in die Fenster gegenüber. Hier und dort zündete man schon die Kerzen an. Der Schnee auf der Straße glänzte im Laternenlicht. Weihnachtslieder erklangen. Im Ofen prasselte das Feuer, aber ich fror. Es duftete nach Rosinenstollen, Vanillezucker und Zitronat. Doch mir war elend zumute. Gleich würde ich lächeln müssen, statt weinen zu dürfen.

Und dann hörte ich meine Mutter rufen: »Jetzt kannst du kommen!« Ich ergriff die hübsch eingewickelten Geschenke für die beiden und trat in den Flur. Die Zimmertür stand offen. Der Christbaum strahlte. Vater und Mutter hatten sich links und rechts vom Tisch postiert, jeder neben seine Gaben, als sei das Zimmer samt dem Fest halbiert. »Oh«, sagte ich, »wie schön!«, und meinte beide Hälften. Ich hielt mich noch in der Nähe der Tür, sodass mein Versuch, glücklich zu lächeln, unmissverständlich beiden galt. Der Papa, mit der erloschenen Zigarre im Munde, beschmunzelte den firnisblanken Pferdestall. Die Mama blickte triumphierend auf das Gabengebirge zu ihrer Rechten. Wir lächelten zu dritt und überlächelten unsre dreifache Unruhe. Doch ich konnte nicht an der Tür stehen bleiben!

Zögernd ging ich auf den herrlichen Tisch zu, auf den halbierten Tisch, und mit jedem Schritt wuchsen meine Verantwortung, meine Angst und der Wille, die nächste Viertelstunde zu retten. Ach, wenn ich allein gewesen wäre, allein mit den Geschenken und dem himmlischen Gefühl, doppelt und aus zweifacher Liebe beschenkt zu werden! Wie selig wäre ich gewesen, und was für ein glückliches Kind! Doch ich musste meine Rolle spielen, damit das Weihnachtsstück gut ausgehe. Ich war ein Diplomat, erwachsener als meine Eltern, und hatte dafür Sorge zu tragen, dass unsre feierliche Dreierkonferenz unterm Christbaum ohne Missklang verlief. Ich war, schon mit fünf und sechs Jahren und später erst recht, der Zeremonienmeister des Heiligen Abends und entledigte mich der schweren Aufgabe mit großem Geschick. Und mit zitterndem Herzen.

Ich stand am Tisch und freute mich im Pendelverkehr. Ich freute mich rechts, zur Freude meiner Mutter. Ich freute mich an der linken Tischhälfte über den Pferdestall im Allgemeinen. Dann freute ich mich wieder rechts, diesmal über den Rodelschlitten, und dann wieder links, besonders über das Lederzeug. Und noch einmal rechts, und noch einmal links, und nirgends zu lange, und nirgends zu flüchtig. Ich freute mich ehrlich und musste meine Freude zerlegen und zerlügen. Ich gab beiden je einen Kuss auf die Backe. Meiner Mutter zuerst. Ich verteilte meine Geschenke und begann mit den Zigarren. So konnte ich, während Papa das Kistchen mit seinem Taschenmesser öffnete und die Zigarren beschnupperte, bei ihr ein wenig länger stehen bleiben als bei ihm. Sie bewunderte das Geschenk, und ich drückte sie heimlich an mich, so heimlich, als sei es eine Sünde. Hatte er es trotzdem bemerkt? Machte es ihn traurig?

Nebenan, bei Grüttners, sangen sie »O du fröhliche, o du selige, gnadenbringende Weihnachtszeit!« Mein Vater holte ein Portemonnaie aus der Tasche, das er im Keller zugeschnitten und genäht hatte, hielt es meiner Mutter hin und sagte: »Das hätt ich ja beinahe vergessen!« Sie zeigte auf ihre Tischhälfte, wo für ihn Socken, warme lange Unterhosen und ein Schlips lagen. Manchmal fiel ihnen, erst wenn wir bei Würstchen und Kartoffelsalat saßen, ein, dass sie vergessen hatten, einander ihre Geschenke zu geben. Und meine Mutter meinte: »Das hat ja Zeit bis nach dem Essen.«

Peter Ustinov

Über das Leben und andere Kleinigkeiten

Ich muss mich zu einer Scrooge-ähnlichen Abneigung gegen Weihnachten bekennen. Das endlose elektronische Glockenläuten, die fieberhaften kommerziellen Aktivitäten, die Routineanrufe von Zeitungen oder Fernsehsendern, die nach ein paar originellen Gedanken zum Thema herumfragen – all das lässt mich wünschen, der entwickelten Welt zu entfliehen. Genau das taten wir, meine Frau und ich. Wir packten unsere leichtesten Sachen zusammen und machten uns auf, weit hinter den Horizont und jenseits des Wendekreises des Krebses.

Der Flug nach Bangkok war ereignislos, abgesehen von einer gelegentlichen Turbulenz, die die Trauben von den weißen und silbernen Weihnachtsdekorationen erzittern ließ. Die Dekoration war entschuldbar, weil wir mit einer europäischen Linie flogen. Bald würde alles anders sein.

Die sanften Klänge der klagenden orientalischen Stimmen gehörten denen, die andere Götter anbeteten und andere Feste feierten, denen, für die der gute Wille Teil ihres Glaubens war und keine Erinnerung zu einem bestimmten Zeitpunkt im Jahr brauchten. Die erste Wirkung wahrer Hitze war wie das Lüften eines Schleiers. Wir versanken in eine hingebungsvolle Trägheit, vergaßen die Zeit und die verlorenen Stunden, aalten uns bis auf weiteres in dem Halblicht der Siesta. Es kam brutal, das Weitere, unter unser Fenster, wie eine gespenstische Serenade, von Dickens selbst heraufbeschworen, in sentimentaler, prahlerischer Stimmung.

Es war eine Glocke, geläutet mit der Hartnäckigkeit eines Mittagsgongs im Internat, begleitet von schallendem, unnatürlichem Gelächter. Ein Blick durch das Moskitonetz genügte, um die Präsenz des Weihnachtsmannes unter unserem Fenster festzustellen, begleitet von Zwergen in einer Orgie aus Rot und Watte. Der Krach ging weiter. Bald wurde klar, dass Einsamkeit und die Welt der Träume dahin waren. Wenn du sie nicht schlagen kannst, schließ dich ihnen an, wie es so schön heißt. Schnell angezogen, schlossen wir uns dem Tumult an.

Der Weihnachtsmann war äußerst herzlich, läutete seine Glocke, als hinge sein Leben davon ab, und tutete verächtlich mit einer altersschwachen Autohupe. Aus den Tiefen hinter dem Berg von Baumwolle kam eine schroffe, aber freundliche amerikanische Stimme: »Wie geht's?« Die Zwerge waren Thai-Kinder, die sich mit dieser fremden Tradition köstlich amüsierten. Das Büfett im Freien war üppig, wie es sich bei einem Hotel gehörte, das von vielen für das außergewöhnlichste der Welt gehalten wird. Wir saßen unter Sternen am Chao-Phraya-Fluss und lauschten einem Chor von Thai-Schulmädchen, der Weihnachtslieder sang. Sie waren angezogen, als besuchten sie eine feine britische Privatschule, und sie sangen in makellosem Englisch, Französisch, Deutsch und Latein. Ihnen folgte dezenter Rock 'n' Roll, wenn es so etwas überhaupt gibt, zum Tanzen.

Nach und nach schwand unser ungehobelter Widerstand gegen die Feier in der Wärme des Abends, der emotionalen wie der körperlichen.

Am Morgen des 26. verbeugte sich einer der großartig ausgebildeten Angestellten in meine Richtung, die Nase in der engen Pyramide seiner gewölbten Hände, und murmelte: »Milly Kissmiss.«

Würde dem kein Ende gesetzt, konnte ich voraussehen, dass dieser Ausdruck bis tief in den Sommer hinein überleben würde. Bis dahin werden volkskundlich wissbegierige Touristen ihn zweifellos für einen traditionellen Thai-Gruß halten, aus Achtung vor örtlichen Gewohnheiten ihre Hände über der Nase zusammenlegen und »Milly Kissmiss« in dem Glauben wiederholen, den ersten Schritt getan zu haben im Durchdringen der Geheimnisse fernöstlicher Höflichkeit.

Thommie Bayer

Weihnachtsmisanthropie

Wenn zum Ende des Jahres der Lamettakrebs wieder wuchert, sich goldsilbernes Geglitzer und Geflirr in den Auslagen der Geschäfte ausbreitet, Geklingel und schrilles Gesinge von überall schräg oben tropft und man auf Schritt und Tritt von maskierten Ein-Euro-Jobbern mit roter Mütze belästigt wird, dann erwacht in mir das Schlechteste, was mein Charakter zu bieten hat: der mokante Misanthrop, der dünkelhafte Dandy und der ganz banale Vandale. Ich mag auf einmal die Menschen nicht mehr, denn die mögen diesen ganzen Scheiß, ich stelle fest, dass ich auf verlorenem Posten der Einzige zu sein scheine, den das graust, und ich würde liebend gern meine der Zivilisation geschuldeten Manieren stornieren und Scheiben einschlagen, Sachen durcheinanderwerfen, darauf herumtrampeln und mich laut brüllend in der Zwangsjacke abführen lassen.

Es war doch das Jahr über alles schon hässlich genug. Muss man den ständigen Anschlägen der antiästhetischen Weltverschwörung noch Sprühdosenschnee anfügen? Plastiktannenreisig, Metallfolie in jeder Form, Engelshaar mit der Anmutung von etwas, das der Pathologe hat mitgehen lassen, Zuckerzeug, bei dessen Anblick einem die Fingernägel faulen – und sehen diese Schokoladenberge nicht ein bisschen so aus, als hätte man sie dem Hund hinten weggenommen, getrocknet, gestempelt, geschnitten und in Folie verpackt?

Das arme Auge hat doch schon genug gelitten. Die viel zu knapp sitzenden Anzüge, die Khaki-Anoraks, Radlerhosen und Glencheck-Kostüme, die Jäckchen mit den Täschchen und Kläppchen und Fältchen und Abnäherchen und Hiernochwas und Danochwas, die Strasspullover, Goldknopfblazer, Karohemden, Polos mit Anker und T-Shirts mit lustigen Bildchen – das alles sieht doch schon scheiße genug aus! Nicht zu reden von eiförmigen Haushaltsgeräten, hundeknochenförmigen Telefonen, Rolls-Royce-Kühler-förmigen Kaffeemaschinen, verkrüppelten Möbeln und grimassierenden Autofratzen!

Ein Tenor brüllt »Stille Nacht«, ein Kurt-Edelhagen-Gedächtnisorchester tutet »Jingle Bells«, laut rieselt leise der Schnee aus den Boxen, und beim Klang der allgegenwärtigen Kinderchöre kann ich mich der Vorstellung nicht erwehren, alle Perversen dieser Welt hätten ihre Gefangenen für ein UNESCO-Weihnachtsprojekt zusammengeschmissen, damit die Kleinen mal auf andere Gedanken kommen. Man ist ja kein Unmensch.

Wieso gibt es eigentlich noch keine Weihnachtsplatte von Modern Talking? Heben die sich das noch auf? Für den letzten Schlag? Der dann auch wieder nur der vorletzte gewesen sein wird? Bin ich denn der Einzige, der Musik liebt?

Mein Glück, dass ich nicht Gott bin oder einer vom Geheimdienst, der am Weihnachtsabend vor einer riesigen Monitorwand sitzt und in die Wohnzimmer der Leute sehen kann. Sie haben das ganze Jahr über à la carte von Bo-Frost oder aus dem Kühlregal gespeist und immer behauptet, das wäre doch heutzutage alles von so guter Qualität, da könne man ja selber gar nicht mithalten, aber an diesem Abend fahren sie Edelfraß auf, dessen Beschaffung und Zubereitung sie Tage gekostet und an den Rand ihrer nervlichen Belastbarkeit gebracht hat: Karpfen, Gänse, Wild, abgefahrene Vorspeisen, Amuses-Gueules, Zwischengänge von rätselhafter Konsistenz, aber attraktiver Optik, exquisite, eventuell durchsichtige Nachspeisen und Weine, für deren Preis sie im Sommer einen Tag Urlaub machen könnten.

In den glücklicheren Fällen sitzen sie dann von

der Vorbereitung so fertig und erschlagen am Tisch, dass es nicht mehr für einen ordentlichen Krach reicht. Danach ist Fernsehen.

Wäre ich Gott, dann würde ich sagen, damit hab ich aber nichts zu tun, das ist ein Missverständnis, das steht so nicht in der Bibel, und ich habe nirgends ein Gebot hinterlegt, dass man an Weihnachten spinnen soll – wäre ich der Geheimdienstmann, dann würde ich mich angesichts der Qualen, die ich belauschen muss, beglückwünschen, an diesem Abend Dienst schieben zu dürfen und nicht daheim sein zu müssen, bei meiner Frau, die sich extra Mühe gegeben hat, was ganz Tolles auf den Tisch zu stellen.

Was ist nur los mit den Leuten? Oder müsste ich eher fragen, was mit mir los ist? Immerhin bin ich zahlenmäßig unterlegen, die Statistik spricht eindeutig gegen mich. Warum also sehe ich das alles so schwarz? Ein Trauma?

Natürlich war's erst mal nett – es gab Saitenwürstchen mit Kartoffelsalat, das sind die Würstchen, die anderswo Frankfurter oder Wiener heißen, das mochten wir alle, auch wenn es nicht wirklich was Besonderes war –, dann ging es um Geschenke und darum, dass man Onkel Richard nicht unter dem angeklebten Bart erkennen sollte, aber nach ein paar Jahren, in denen ich mir falsche Hoffnungen gemacht hatte, war klar, dass es sich bei den Geschenken nie um die Eisenbahn, den Roller, tolle Comics oder das Tretauto handeln würde, sondern immer und immer um Socken, Schlafanzug und Ritterbuch. Das Ritterbuch war okay, aber es war einfach ein bisschen zu wenig, gemessen an der Sehnsucht nach den wirklich wichtigen Dingen. Und es stand auch in der Stadtbücherei, weswegen ich es schon kannte.

Aber ziemlich bald war es nicht mehr nett. Während mein Vater *Tochter Zion, Es kommt ein Schiff geladen* und noch ein paar »gehaltvolle« Lieder auf dem Klavier spielte, die wir mitsingen mussten, saß meine Oma da und weinte. Sie weinte einfach den ganzen Abend durch. Man sollte sich nichts anmerken lassen, weil sie traurig war, dass dieses Weihnachten bestimmt ihr letztes sein würde. Beim nächsten wäre sie dann schon tot. Die ersten drei-, viermal tat sie uns auch noch leid, aber dann war klar, dass sie unsterblich sein und noch die nächsten zwanzig Heiligabende mit ihren stoischen Tränen verhunzen würde.

Und meine Mutter schloss sich an. Immer an Weihnachten fiel ihr besonders deutlich auf, wie verkorkst ihr Leben, ihre Ehe, ihr Mann (und wenn es grad passte: auch ihre Kinder) waren, und wir saßen gefroren da, den Blick aufs Klavier, bloß nicht nach links auf die eine oder nach rechts auf die andere weinende Frau gerichtet, und versuchten, lauter zu singen, als die beiden schluchzen konnten. Die Geschenke, immer wieder Socken, Schlafanzug und irgendein Buch, waren den Stress nicht wert, zumal sie erst am nächsten Morgen rausgerückt wurden.

Später versuchten wir, dem andächtigen Horror entgegenzuwirken, indem wir die Lieder mit Gitarre, Elektrobass und Dixan-Trommel-Schlagzeug angerockt servierten, aber das war erstens ein Musikverbrechen und machte zweitens nicht wirklich Spaß, denn rechts und links saß da je eine weinende Frau, und überdies war unser Vater gekränkt, weil wir sein Klavierspiel für überholt erklärt hatten.

Als wir dann das Alter erreichten, in dem das Wort »relevant« gut klang, unternahmen wir hilflose Versuche, die Feier gründlicher zu renovieren. Statt selber zu singen, hörten wir die Brandenburgischen Konzerte vom Plattenspieler, statt der Weihnachtsgeschichte lasen wir lange Listen imperialistischer Verbrechen vor, und statt besinnlich an weinenden Frauen vorbeizuglotzen, stritten wir uns lieber, dass die Fetzen flogen, kein Stein auf dem anderen, kein Haar ungekrümmt und kein Glashaus unzerdeppert blieb, denn es galt, den jeweils als richtig erkannten Weg gegen den trotzkistischen, stalinistischen, maoistischen, revisionistischen oder reaktionären Feind in der Familie zu behaupten.

Die ersten paar Jahre saß man also mit schlechtem Gewissen da (wegen der unglücklichen Frauen) und betete, es möge endlich Zeit sein, ins Bett zu gehen. Die nächsten paar Jahre kam man mit schlechtem Gewissen nach Hause gefahren (weil man die unglücklichen Frauen nicht allein lassen konnte, und weil es so viel Imperialismusundalles auf der Welt gab, den man nicht verhinderte) und betete, es möge Zeit sein, dass man in den Jazzkeller abhauen konnte, um die alten Kumpels zu treffen. Und wieder die nächsten paar Jahre blieb man mit schlechtem Gewissen weg (weil man die unglücklichen Frauen allein ließ, und weil man so peu à peu den Imperialilsmusundalles zu vergessen begonnen hatte) und ließ es sich irgendwo, ganz ohne Kerzen und Musik, auf eine lächerlich frenetische Art gutgehen. Man aß Spaghetti und trank Rotwein, spielte irgendwas und dachte überhaupt nicht daran, dass Heiligabend war. Überhaupt nicht.

In dieser Zeit starb meine Oma. Das hat mich gewundert.

Heute habe ich ein schlechtes Gewissen, dass ich kein schlechtes Gewissen mehr habe. Und das alles wegen Jesus, der mich nicht wirklich abendfüllend interessiert. Außer ein paar Sätzen in der Bergpredigt sagt mir der Mann nichts.

Ich gebe zu, unser Weihnachtsbaum war immer schön. Strohsterne, Papierrosen und vergoldete Tierkreiszeichen. Und ich gebe zu, dass ich an Heiligabend auch heute noch irgendwie innerlich draufkomme, ich sehe dann in die erleuchteten Fenster all dieser intakten Familien und stelle mir vor, als zum Beispiel gefühlsferner Hells Angel den Motor meiner Harley nachdenklich rülpsen zu lassen und vielleicht einen traurigen Extrafurz in die CO_2-Bilanz einzufädeln. Dann gebe ich brüllend Gas und schieße mich und meine Maschine in den selbstverständlich in dicken Flocken fallenden Schnee …

Nein, in Wirklichkeit kochen wir gemeinsam, meine Liebste macht Semmelknödel, die in unserer Gegend Weckknödel heißen, ich mache eine Steinpilz-Rotwein-Sauce und Salat, gebe mir eine Flasche vom besseren, und wir essen mit Andacht. Danach Fernsehen, falls *Tödliche Weihnachten* mit Geena Davis kommt.

Aber bis dahin, bis es endlich so weit ist, bin ich alle Jahre wieder froh über das deutsche Waffengesetz, das mir verbietet, mir einfach wie Lee Harvey Oswald eine Wumme im Versandhaus zu bestellen und loszuziehen und alles umzunieten, was einen roten Lappen am Körper trägt und einen weißen Bart vorm Gesicht. Und ich bedaure meinen Provinzialismus, der es mir schwermacht, irgendwohin zu fliehen, wo man dieses ganze seelenverwüstende Gelalle nicht kennt, weil man andere Götter hat. Was soll ich in Peking? Oder Mumbai?

Falls es einen Gott gibt, werde ich nach meinem Tode nicht ruhen, bis ich mich im Himmel in die Gerichtsbarkeit hochgedienert habe, und dann werde ich jeden vorladen, der bei diesem Geschmacksverbrechen mitgemacht hat. Ich werde keinen Befehlsnotstand und kein Mitläufertum gelten lassen, *jeder* wird verantwortlich gemacht für *jede* einzelne Glaskugel, die er *jemals* einem unschuldigen Tannenzweig umgehängt hat. Und die Katzen kriegen Orden, wenn sie eine zu tief gehängte gefetzt haben. Obwohl das für eine Katze keine Heldentat ist. Das ist biologisch. Für die Katze ist das eine Glitzermaus. Wenn ich das doch nur auch so sehen könnte.

Christine Nöstlinger

Ans Christkind

Ans
Christkind:
Meine Eltern sind
seit Wochen zerstritten,
also möchte ich dich bitten,
heuer die Geschenke sein zu lassen.
Mach lieber, dass die zwei sich nimmer hassen
und sich am Heiligen Abend zur Versöhnung küssen
und die Nachbarn nicht wieder die Polizei rufen
müssen.
Deine
Kleine
Brigitte.
Wohnhaft: Wien-Mitte

Daniel Kehlmann

Die Legende von Basilius

Bedauerlich, doch nicht unbegreiflich, dass die Gestalt des heiligen Basilius von Tarent nicht bekannter wurde. Basilius, seltsam verschwimmend vor dem Blick des Historikers wie des Theologen, dürfte um die vorletzte Jahrtausendwende in Kleinasien gelebt haben. Er zeichnete sich durch Ernst und Gottesfurcht aus, verschenkte sein Vermögen, schmähte den Ruhm, pflegte Kranke; und all das in solchem Maß, dass der Allmächtige beschloss, diesem Diener schon zu Lebzeiten ein nachdrückliches Zeichen der Gnade zu gewähren. Zu Weihnachten, in der Stunde der Geburt des Erlösers, trat die hohe, vor Schönheit furchtbare Gestalt eines Engels vor ihn. Dir ist, sagte er, ein Wunsch gewährt, irgendein Wunsch, welcher auch immer. Entscheide dich!

Es ist nicht bekannt, welche Gedanken Basilius durch den Kopf schossen, was für Regungen des Unglaubens sein Herz erfüllten. Dachte er an Salomon, der sich in gleicher Lage ein weises Herz erbeten hatte, fähig zu scheiden zwischen Gut und Böse?

Erwog er nur eine Sekunde lang (und wer hätte das nicht?), um Macht zu bitten, Reichtum oder Freiheit von Krankheit, um irgendetwas der einzigartigen Gnade nicht Angemessenes, um es sofort und erschrocken wieder zu verwerfen? Wir wissen es nicht, die Legende schweigt darüber. Doch wir wissen, dass er zuletzt die Augen aufschlug, dem Engel ins flackernde Angesicht sah und sprach:

Sinnlos und betrüblich die Schwäche unseres Körpers, seine Hinfälligkeit, die Notwendigkeit der langen Stunden des nächtlichen Todes, immer wieder und wieder. Schlummernd diene ich dem Herrn nicht, tue nichts Gutes, verfehle meine Bestimmung. Ich will Ihm nützlich sein zu allen Momenten, verstehst du mich, allen. Ich will nicht mehr schlafen. Angeblich stockte der Engel, zögerte, wandte sich einen Moment lang ratlos zu jenem unaussprechlichen Ort, dessen Gesandter und Emanation er war. Ich rate dir, sagte er dann, wähle etwas anderes!

Aber ich schwanke nicht, antwortete Basilius, vor dem Herrn. Nein, ich bestehe darauf. Ich will nicht mehr schlafen.

Also gut, sagte der Engel mit sichtbaren Zeichen des Unwillens, also gut! Von dieser Weihnachtsnacht bis zu der nächsten, und keine Sekunde länger.

Das ist nicht ganz fair, sagte Basilius, vorhin hieß es noch …

Und keine Sekunde länger, rief der Engel. So lange wirst du wach sein, jeden einzelnen Augenblick. Begreifst du, jeden! Und er verhüllte sich in Dunkelheit, und die Welt schloss sich um ihn wie ein Vorhang, und alles blieb zurück, wie es gewesen war, rätselhaft unbeschadet von seiner kurzen Anwesenheit.

Basilius wartete, und es wurde Nacht. Im Dunkeln ging er durch die Straßen, erfüllt von einer Fröhlichkeit, wie er sie nie gekannt hatte. Es wurde zwei und drei, er fühlte keine Schwäche. Er sank auf die Knie und betete, die Stunden vergingen, der Morgen kam, und er erhob sich leicht und voll Kraft wie nach sehr langem Schlaf.

Und die Tage folgten einander; Neujahr kam und ging, und Basilius machte sich vorsichtig mit dem ungeheuer Neuen vertraut: der Abwesenheit von Müdigkeit, der nicht nachlassenden Kraft zu allen Stunden. Er pries den Herrn, betete und pflegte die Kranken, und keiner glich ihm darin. Doch dann geschah etwas.

Was war es? Legenden neigen von Natur aus zur Ungenauigkeit; fest steht aber, dass sein Bemühen nach einer Weile schwächer wurde. Es scheint, dass die Größe der Schöpfung ihm nach und nach, und zu seiner eigenen hilflosen Verblüffung… Ja, was eigentlich? Dass sie ihm ins Entsetzliche umschlug.

Wir wissen, dass Kranke immer häufiger umsonst nach ihm riefen, dass Bettler vergeblich die Hände vor ihm aufhielten; er übersah sie und ging weiter. Er war bleich und nervös geworden, sein Blick unstet, als wäre die Welt etwas Unwirkliches oder ein Traum.

Nicht, dass er müde war. Keineswegs; es kann und darf nicht bezweifelt werden, dass der Engel sein Versprechen erfüllte. Man kann auch nicht annehmen, dass ihm langweilig war. Im Gegenteil, die Wirklichkeit zeigte sich ihm jetzt in einem Reichtum, den unerschöpflich zu nennen keine Übertreibung wäre: der wolkenschattierte Himmel, die sanft gewölbte Erde, die von einem dünnen Riss gespaltene Decke seiner Kammer – gelb des Morgens, bläulich am Nachmittag, grau am Abend –, das kaum hörbare Rauschen der windstillen Luft, wenn man die Augen schloss … Doch all dies endete nicht. Niemals, keine Sekunde, es gab einfach keine Unterbrechung darin.

Nullus hiatus, wie es Cusanus in seiner Betrachtung über Basilius ausdrückt: keine Lücke und kein Spalt, nirgendwo; das Entsetzliche, dass die Natur kein Vakuum kennt, überall und immer erfüllt ist, auch – und besonders – in der Zeit. Es kam Ostern, die Kirchenglocken sangen das Lob des Herrn, aber Basilius betete nicht. Er tat es schon lange nicht mehr.

Er ging durch die Straßen, sah die Häuser vorbeiziehen, es waren immer die gleichen, bei Tag und Nacht, sie waren immer da, umfasst von der einen rauschenden, flimmernden Wirklichkeit. Ostern verging; jeder Abend wurde zu tiefer Schwärze voll aufblitzender, schon wieder verblassender Sterne, einem roten Leuchten am Horizont, der steigenden, der sinkenden Sonne, dem neuen Abend. Ein Leprakranker trat in seinen Weg, verzerrt von Fäulnis, Basilius stieß ihn weg. Er betete um Schlaf, um den Tod oder Ohnmacht, um einen einzigen Moment, in dem der Andrang der Welt gegen sein Bewusstsein nachlassen sollte. Doch umsonst, der Engel kam nicht wieder.

Es folgten Pfingsten, Allerheiligen, das Fest der jungfräulichen Empfängnis. Seine Tränen waren versiegt, seine Gleichgültigkeit vollständig, er verließ das Haus nicht, bewegte sich nicht mehr, wartete. Er kannte den Riss in der Zimmerdecke so gut, wie noch nie ein Mensch etwas gekannt hatte. Dann, endlich, das Weihnachtsfest.

Zugegeben, die Sache ist undurchsichtig, die Versionen unterscheiden sich. Es wird gesagt, dass Basilius am Heiligen Abend starb, den Namen des Herrn auf den Lippen, in Gebet und Dankbarkeit. Aber offen gesagt, daran glaubt niemand.

Wahrscheinlicher ist schon (aber entsetzlich auszusprechen), dass er sich das Leben nahm, sobald er wieder ein normaler Mensch, sterblich wie alle und verletzlich, nicht mehr gebunden durch sein fürchterliches Vorrecht, war. Dass er das Warten auf die Dunkelheit nicht mehr ertrug und sie ganz und in Vollständigkeit empfangen wollte, sobald er nur konnte. Dass allein der Gedanke, nur eine Sekunde länger zu bleiben, ihm nun unerträglich war.

Eine andere Fassung behauptet, dass er sich bereits kurz zuvor, unfähig noch abzuwarten, dem alten Gegner überlassen hatte, und zwar ohne andere Bedingungen als der einen, ihn von der Schlaflosigkeit zu entbinden und aus der Welt zu holen, in die weiche Schwärze des Todes. Es kann vermutet werden, dass der Lichtträger, der Gefallene, Gottes vollkommenstes Geschöpf ihn voll Triumph aufnahm. Immerhin würde das den schlechten Zustand der Überlieferung erklären, die Peinlichkeit des Falles für Ihn und Seine Propagandisten, auch für den namenlosen Engel, der alles eingefädelt hatte. Eine letzte Version (doch sie ist häretisch und, schlimmer noch, ungereimt) besagt, dass Basilius in der Stunde der Wiederkunft des Engels erkannte, dass er nicht Basilius war und dass es auch den Engel nicht gab, dass alles Alptraum und fahle Täuschung gewesen und die bunte Welt, die sich bis zur Unerträglichkeit gegen seinen Geist gepresst hatte, keinen Moment existiert hatte. Dass das Wachen ein Irrtum ist wie der Schlaf.

Sicher ist bloß, dass sein Dasein zu Weihnachten endete. Dass er ein Geschenk bekam, das er nicht tragen konnte und zurückwies, dass seine Legende verwirrend bleibt und nicht recht taugt zur Erbauung der Gläubigen. Allenfalls ist sie eine verstörende Erinnerung, dass wir hier nicht zu Hause sind und dass die Schöpfung eine allzu genaue Inspektion nicht verträgt. Dass bloß die tägliche Abwesenheit von ihr sie erträglich machen kann. Und selbst das nur für die kurze Zeit eines Lebens.

Hansjörg Schneider

Ein Stern über Whitechapel

Es war nicht gerade eine angesehene Gesellschaft, in der ich den letzten Heiligen Abend verbracht habe.

Ich lebte damals im Osten Londons. Das Eastend ist seit jeher das Gebiet der armen Leute, der Einwanderer, die früher die Themse heraufgefahren kamen und heutzutage den Rümpfen der Billigflugzeuge entsteigen, der Hafenarbeiter, der sogenannten leichten Mädchen, der Taxifahrer. Kleine Backsteinhäuschen, enge Cornershops mit Zeitungen, Milch und Büchsenbier, jede Menge Kneipen. Vorn bei der Metrostation Whitechapel der indische Markt. Mäntel mit Webfehlern, Kinderschuhe, Gemüse und Früchte aller Art. Im Westen die Hochbauten des Bankenviertels, vor der U-Bahn-Station die Obdachlosen, die auf Kunststoffharassen zusammensitzen und sich die immer gleichen Geschichten von Unrecht und Pech erzählen.

An jenem Abend habe ich wie jeden Tag an meinem Roman geschrieben, eingetaucht in meine Geschichte. Es ging ganz gut. In fremden Städten, fern von Heimat und Schweizerdeutsch, kann ich am besten mein Herkommen beschreiben. Bis ich gegen neun beschloss, irgendwo Weihnachten zu feiern.

Ich ging um die Ecke zum weißhaarigen Inder, der dort Schnaps und Wein verkauft und sich dabei stets erkundigt, ob man das Gekaufte allein oder mit Freunden auszutrinken gedenke. Mit Freunden, sagte ich, als ich eine Flasche Gin unter den Arm klemmte, und er lächelte beruhigt.

Ich kam an den Pubs vorbei, in denen ich jeweils nach dem Schreiben Bier trinke, denn Bier macht mich schläfrig. Keines wirkte einladend auf mich, die stets gleichen Gesichter, der stets gleiche Trott.

Ich ging nach vorn zum indischen Markt, auf dem nur noch ein einziger Stand besetzt war. Der Verkäufer saß eingenickt auf seinem Stuhl, in ein helles Gewand gehüllt. Oben zwischen den laublosen Ästen der Platanen glänzte ein Stern. Das fiel mir auf, aber ich habe nicht groß darauf geachtet. Was soll ein Stern in der Stadt? Man sieht ihn kaum, die Autoscheinwerfer sind heller.

Wenige Passanten gingen vorbei, Mädchen mit ihren Freunden, eine alte Frau mit einem weißen Pudel, ein Greis in Pantoffeln, zwei verschleierte Frauen. Die Eingangshalle zur U-Bahn war strahlend beleuchtet, als führte sie ins Gelobte Land. Ein

Gedränge war hier, eine Rennerei, die Minuten waren offenbar kostbar.

Rechts vor dem Eingang saßen die Obdachlosen. Ich kannte sie vom Sehen, denn sie hatten mich alle schon angebettelt, wenn ich vorbeiging. Da sie draußen zu übernachten pflegten, trugen sie mehrere Jacken übereinander. Die Männer hatten die Socken über die Hosenbeine gezogen, um keine Zugluft eindringen zu lassen. Die Frauen trugen gestricktes Zeug an den Beinen. Sie hatten drei Kartons mit Büchsenbier vor sich stehen, ein gehöriger Vorrat, der wohl bis in die Morgenstunden hinein reichen würde.

Ich blieb stehen neben ihnen, ich genierte mich leicht, denn ich hatte mich noch nie zu ihnen gesetzt. Bis eine junge Frau mit einem silbernen Ring im Nasenflügel, der ich schon mehrmals einige Pennys geschenkt hatte, zur Seite rutschte und Platz machte auf ihrem Harass. Also setzte ich mich hin.

Sie waren wohl alle erstaunt, denn in ihren Augen war ich kein Almosenempfänger, sondern ein Almosengeber. Sie ließen sich indessen nichts anmerken. Vermutlich hatten sie schon mehrmals erlebt, dass jemand vom Geber zum Nehmer wurde.

Ich hörte ihnen zu, wie sie mit leiser Stimme erzählten, es ging um private Weihnachtsgeschichten. Im Moment war ein alter Mann an der Reihe mit bläulichen Lippen und eingefallenem Gesicht. Er berichtete aus seiner Jugend, in der es am Heiligen Abend stets festlich zugegangen sei, Truthahn und Yorkshire Pudding und so, aber die Leute wüssten eben nicht mehr, was sich gehöre. Dann setzte eine Frau ein und sagte, lieber draußen auf der Straße und friedlich, als drinnen im erleuchteten Haus und dauernd Streit. Es folgten weitere Meinungen, jeder, der wollte, kam zu Wort. Sie hatten offenbar beschlossen, heute Abend friedlich zu sein und einander nicht zu unterbrechen.

Ich habe nur wenig verstanden, denn sie redeten alle Cockney. Aber das störte mich nicht sehr. Immerhin waren es freundliche Stimmen, ich war willkommen, und in der Mitte auf dem Asphalt brannte eine Kerze.

Ich trank ein Bier, das mir meine Nachbarin mit zischendem Laut geöffnet hatte. Dann zog ich die Ginflasche aus der Manteltasche und ließ sie kreisen. Es wurde behutsam daran genippt, aus Anstand bloß, wie mir schien. Nur der Alte mit den bläulichen Lippen wehrte dankend ab. Das sei kein festliches Getränk, meinte er.

Nach Mitternacht, als die letzte U-Bahn stadteinwärts gefahren war und die Türen zur Eingangshalle geschlossen wurden, war die Kerze heruntergebrannt. Sie flackerte noch eine Zeitlang, einen matten Schein verbreitend. Dann erlosch sie. Die meisten von uns hatten sich hingelegt auf den Boden, eingehüllt in Jacken und Mäntel, und schliefen. Niemand mehr sagte ein Wort. Ich wollte schon heimgehen, denn ich war ja nur Gast hier und hatte zu Hause ein Bett.

Da fiel mir auf, dass beim Marktstand gegenüber noch immer der indische Verkäufer auf seinem Stuhl saß, als würde er auf jemanden warten. Passanten waren fast keine mehr unterwegs. Hin und wieder ein Auto auf der Fahrbahn draußen, sonst war Ruhe. Oben zwischen den Ästen der Platanen glänzte noch immer der Stern. Seltsam, dachte ich, die Sterne wandern doch sonst gegen Westen wie Sonne und Mond.

Da hörte ich leichtes Hufgeklapper, von ferne erst, wie in einem Traum. Es wurde lauter, bis von der Stadt her ein eingemummter Mann erschien, der einen Esel am Strick führte. Auf dem Rücken des Tieres saß eine junge Frau in hellblauem, langem Kleid. In den Armen trug sie ein neugeborenes Kind. Ich erkannte das sofort, denn ein heller Schimmer, aus einer der Straßenlaternen heruntergeworfen, lag auf seinem schlafenden Antlitz.

Ich regte mich nicht, ich glaubte zu träumen. Ich sah, wie der Verkäufer gegenüber sich erhob und sich würdevoll verbeugte. Dann zeigte er einladend auf seinen Stand. Der eingemummte Mann hielt an und nickte. Der Verkäufer raffte Ananas, Äpfel und Bananen zusammen, trug sie zum Esel, stopfte alles in die Basttasche, die am Sattel hing, und verbeugte sich wieder fast bis zum Boden.

Jetzt lächelte die Frau auf dem Tier, sie sagte ein Wort, das ich nicht verstand. Der Mann riss am Strick, die Gruppe zog weiter, der Themse zu. Dann wieder die Scheinwerfer auf der Fahrbahn draußen. Und oben im schwarzen Himmel der Stern, der sich langsam in Richtung des verklingenden Hufschlags senkte.

Ulrich Knellwolf

Niederdorfweihnacht

Hannes, ein alter Tippelbruder und Spritvertilger, kam am Heiligabend nach Zürich. Was er noch in der Tasche hatte, viel war es nicht, setzte er in einer der wenigen geöffneten Beizen im Niederdorf in Flüssiges um. Dann schlief er für seine letzten Franken bei der Heilsarmee. Als er am Weihnachtsmorgen erwachte, galt seine erste Sorge dem Geld. Es reichte gerade noch für einen Kaffee, dann war er bankrott. Geld musste her, wenn er heute etwas essen wollte. Aber wie zu Geld kommen, am Weihnachtstag? Hannes beschloss, auf Betteltour zu gehen. In Zollikon wusste er ein Pfarrhaus, wo man selten leer ausging. Und wenn er dann noch in Küsnacht beim katholischen Pfarrer einen Zehner bekam, war wieder ein Tag gesichert. Also machte sich Hannes am Weihnachtsvormittag auf die Socken.

Er hatte Pech. Der Pfarrer in Zollikon war nicht zu Hause. ›Vielleicht ist er noch in der Kirche und kommt bald zurück‹, dachte Hannes. Doch er wartete vergeblich. Und in Küsnacht erschien nur die Köchin an der Tür, und aus der waren nicht mehr als zwei magere Fränklein herauszuholen.

Hannes gab auf. Er wusste, dass die Feiertage in diesem Geschäft nicht gut waren. Er tippelte ins Niederdorf zurück, ließ sich von einem weichherzigen Kollegen etwas spendieren und trank ein Schnäpschen dazu; dann ging er wieder hinaus und hielt Maulaffen feil auf dem Hirschenplatz. Wenn er daran dachte, dass er nicht einmal eine Übernachtung bezahlen konnte, wurde ihm ungemütlich. In der Nacht war es jetzt draußen bissig kalt. Wenn er wenigstens irgendwo etwas hätte mitgehen lassen können! Aber die Läden waren geschlossen am Weihnachtstag, und es waren kaum Leute auf der Straße.

Gegen Abend, Hannes fühlte sich vor Hunger schon schwach auf den Beinen, begannen die Glocken der Predigerkirche zu läuten. »Da ist jetzt so eine Feier, und da gibt's immer etwas hinterher, ein Geschenk«, sagte einer, der hinging. ›Warum soll ich nicht auch gehen?‹, dachte Hannes. ›Wenigstens warm ist es dort drinnen, und wer weiß, vielleicht gibt's tatsächlich etwas zu beißen.‹

Also ging er hinein. Er setzte sich hinten hin, weil er der Geschichte nicht recht traute. Vorne brannten die Kerzen am Christbaum, die Orgel brauste, und der Pfarrer stieg auf die Kanzel und begann zu reden. Und in dem Augenblick, als der Pfarrer zu reden begann, kam jemand verspätet hinten zur Tür herein und setzte sich direkt neben Hannes.

Hannes achtete zuerst nicht darauf. Doch dann stieg ihm ein Parfüm in die Nase, und er schaute diskret, wer da neben ihm sitze. Es war eine Dame. Ein anderes Wort fiel Hannes dazu nicht ein. Eine wirkliche Dame, wie Hannes sie sonst nur von ferne sah. Sie war kein junges Mädchen mehr, aber auch noch gar nicht alt. Sie hatte ein hübsches Gesicht, das Hannes nicht so deutlich sah. Dafür sah er deutlich den schönen Pelz, den die Dame trug, und nach einiger Zeit sah er aus dem Augenwinkel auch das Armband an ihrem Handgelenk.

Weit vorn redete der Pfarrer ins Mikrophon. Hannes glaubte, die Weihnachtsgeschichte zu erkennen. Als Kind hatte er sie oft gehört. Da kamen Hirten und Engel drin vor, viele Engel, erinnerte sich Hannes. Aber Augen hatte er nur für die Dame, die neben ihm saß. Und auch seine Gedanken waren hauptsächlich mit der Dame beschäftigt. Die besaß einen Pelzmantel. Und ein Armband. Die musste reich sein. ›Besitzt sie vielleicht zufällig auch ein Portemonnaie?‹, fragte sich Hannes. Er überlegte, wie das wäre, wenn das Portemonnaie der Dame aus der Tasche ihres Pelzmantels rutschen würde, rein zufällig, und geradewegs neben ihn auf die Kirchenbank.

Falls das Portemonnaie nicht von allein herausrutschen wollte, dann konnte ja ein bisschen nachgeholfen werden. Wenn man es geschickt genug anstellte!

Hannes war eigentlich kein Taschendieb, aber wenn sich eine gute Gelegenheit bot, war er nicht der, der sie ausließ. Je länger er überlegte, desto sicherer war er, dass ein Glücksfall die Dame neben ihn gesetzt hatte. Und wenn das Glück sich einem so aufdrängte, wäre man ja undankbar, es vorbeigehen zu lassen.

»Euch ist heute der Heiland geboren«, rief der Pfarrer von der Kanzel. ›Und mir ist heute diese Dame hier begegnet‹, dachte Hannes und spähte weiterhin nach ihrem Portemonnaie.

Der Pfarrer redete davon, was für ein großes Geschenk es sei, dass dieser Jesus für uns geboren worden sei. ›Und diese Dame, die ist extra für mich hierhergekommen‹, dachte Hannes. ›Wahrscheinlich hat sie eine Tasche bei sich, und das Portemonnaie liegt in der Tasche.‹ Er lehnte sich ein wenig vor, um besser sehen zu können. Tatsächlich, die Dame hatte eine Tasche neben sich auf der Bank – aber auf der andern Seite.

Hannes zerbrach sich den Kopf, wie er es anstellen könnte, dass die Dame die Tasche auf seine Seite stellte. Sollte er einen Hustenanfall vortäuschen?

Dann holte sie vielleicht ein Hustenbonbon aus der Tasche, um es ihm zu geben. Doch was sprach dagegen, dass sie die Tasche wieder an denselben Platz zurückstellte?

Währenddessen ging des Pfarrers Predigt langsam ihrem Ende zu. Der Chor sang schon zum zweiten Mal, und Hannes begann auszurechnen, wie viel Zeit ihm noch blieb, um an das Portemonnaie der Dame heranzukommen. Er war wütend darüber, dass der Mensch nicht mit bloßen Gedanken Gegenstände bewegen kann.

Als zum zweiten Mal gebetet wurde, betete Hannes mit. ›Lieber Gott, gib mir eine Chance, an die Tasche heranzukommen, nur eine kleine, winzige Chance‹, betete er. Doch der Gottesdienst ging unbarmherzig dem Ende entgegen. Der Pfarrer teilte mit, dass die Kollekte für irgendein Hilfswerk bestimmt sei.

Was geschah da? Hannes traute seinen Augen nicht. Das war die Chance. Gott hatte ein Einsehen! Die Dame griff nach der Tasche, um etwas für die Kollekte aus dem Portemonnaie zu holen.

Hannes getraute sich kaum mehr zu atmen. Die Dame legte die Tasche auf ihren Schoß, öffnete sie, begann, darin herumzukramen. Sie kramte, schüttelte den Kopf und kramte weiter. Hannes war es, als habe er einen Schlag ins Genick bekommen. Ihm dämmerte, dass die Dame ihr Portemonnaie vergessen hatte. Zu Hause liegen lassen! Weg die Chance. Vergeblich die Hoffnung!

Dumpf vor Ärger stand er auf zum Segen, wie alle. Als der Pfarrer ›Amen‹ sagte, setzte er sich nicht wieder hin. Er wollte nicht auf die Verteilung der Päcklein warten – sollten sie doch ihre Pakete selber behalten! Er ging hinaus.

An der Kirchentür wartete die Dame auf ihn. »Hören Sie«, sprach sie Hannes an, »ich habe leider mein Portemonnaie zu Hause liegen lassen. Aber nehmen Sie das hier als Weihnachtsgeschenk von mir.« Sie hob den linken Arm, nahm das Armband vom Handgelenk und hielt es Hannes hin.

Er wusste nicht, wie ihm war. Er glaubte zu träumen. Langsam streckte er die Hand nach dem Band aus, starrte es an, als habe er noch nie ein Armband gesehen, und als er hochschaute, war die Dame weg. Wie vom Erdboden verschluckt oder durch die Luft entschwebt.

Hannes konnte sich lange nicht fassen. Er stolperte auf den Zähringerplatz hinaus. Zwischen den Autos blieb er stehen und betrachtete wieder das Armband. Es war kein Traum. Er hielt es in seiner Hand. So etwas hatte ihm noch nie gehört. Die Freude rieselte durch ihn hindurch wie teurer Wein und wärmte ihn.

Jetzt kamen langsam seine Kollegen aus der Predigerkirche, jeder trug einen Geschenksack. »Warum bist du davongelaufen, du Esel, hast ja die Hauptsache verpasst«, sagte einer zu Hannes.

»Du hast mehr verpasst als ich«, sagte Hannes geheimnisvoll. Dann rief er: »Kolleginnen und Kollegen, kommt mit mir. Ich lade euch alle ein. Wir machen ein Fest!«

»Fehlt's dem?«, fragten die einen. »Hat er das große Los gezogen?«, fragten die andern.

»Ja, ich habe so etwas wie das große Los gezogen«, rief Hannes. »Mir ist nämlich heute der Weihnachtsengel persönlich erschienen und hat mir etwas gebracht.«

Er lief voraus. Die andern folgten. In einer Wirtschaft setzten sie sich um einen großen Tisch.

»Wirt, wie viel ist dir das wert?«, rief Hannes und zeigte dem Wirt das Armband. Zuerst wollte der Wirt nicht recht, dann bot er tausend Franken.

Da ließ Hannes auftischen für sich und die Kollegen. Schinken und Zopf und französischen Wein, und immer nochmals Wein und nochmals. Und alle saßen sie um den Tisch herum und feierten bis zum Morgen.

Als Hannes gezahlt hatte und aus der Wirtschaft torkelte, war er bettschwer vom vielen Wein. Es blieb ihm noch so viel von dem Geld, dass er ein gutes

Zimmer nehmen konnte. Dort fiel er aufs Bett und schlief sofort ein.

Im Traum erschien Hannes die Dame wieder. Sie redete ihn an.

»Du hast mich bei deinen Kollegen einen Engel genannt«, sagte sie. »Du hast recht gehabt. Ich bin einer. Von Gott zu dir geschickt, damit du eine schöne Weihnacht hast.«

»Danke für das große Geschenk«, stammelte Hannes im Traum.

»Das ist nur der Anfang«, sagte die Dame. »Was meinst du, was ist mehr wert, ein Armband oder ein Mensch?«

»Wahrscheinlich schon ein Mensch«, sagte Hannes.

»Und siehst du, an der Weihnacht hat Gott dir und allen Leuten einen Menschen geschenkt. Den Menschen Jesus.«

»Und was meinst du«, fuhr der Engel fort, »wie viele Armbänder ist das Himmelreich wert?«

»Sicher unzählige Armbänder«, sagte Hannes.

»Ja, denn Gottes Reichtum ist unendlich viel größer als alle Armbänder der Welt. Und diesen großen Reichtum, den wird Gott mit dir und allen Menschen teilen, wenn er euch heimholt in sein Reich.«

»Mit mir auch?«, fragte Hannes.

»Ja, mit dir auch«, sagte der Engel. »Heute hast du ja schon wie im Himmel gefeiert.«

Heinrich Heine

Die Heil'gen Drei Könige

Die Heil'gen Drei Könige aus Morgenland,
Sie frugen in jedem Städtchen:
»Wo geht der Weg nach Bethlehem,
Ihr lieben Buben und Mädchen?«

Die Jungen und Alten, sie wussten es nicht,
Die Könige zogen weiter,
Sie folgten einem goldenen Stern,
Der leuchtete lieblich und heiter.

Der Stern bleibt stehn über Josefs Haus,
Da sind sie hineingegangen;
Das Öchslein brüllte, das Kindlein schrie,
Die Heil'gen Drei Könige sangen.

Lorrie Moore

Amahl und die nächtlichen Besucher

30.11. Du siehst ein, dass deine Katze eine Hure ist und dir nicht helfen kann. Sie erschnurrt sich die Liebe mit dem Gehabe einer Animierdame. Sie ist ein echter Nomade, ein Unfreund. Erinnere dich nur an letzten Monat, als du sie von Bob, der unter dir wohnt, bekommen hast, nachdem er plötzlich allergisch wurde; sie sprang in deinen Schoß und schnurrte, heiser wie eine deutsche Sängerin, vertraut und pelzig wie ein Schimmelpilz. Und Bob, dem es ganz offensichtlich das Herz brach, stand noch im Zimmer, niesend und Ratschläge gebend, er hoffte auf ein letztes Katzenkuscheln, ließ sich auf Hände und Füße nieder und krabbelte mit seinen Fingern im Teppichflor: Die Katze blinzelte nur. Für dich dagegen lächelte sie, gab einen nach Fisch riechenden Piepser von sich und machte es sich bequem.

»Oh, gut«, sagte Bob und stand vom Boden auf. »Jetzt bin ich bloß noch irgendwas aus ihrer Katzenkindvergangenheit.«

So ist das eben mit Bob. Er sagt der Katze: »Sei jetzt ein liebes Mädchen, Honey«, zuckt dann nur die Achseln, geht wieder nach unten in sein Appartement, legt abgehackten, langsamen Jazz auf, trinkt Wein, starrt nach draußen auf die winterliche Bergkuppe.

1.12. Moss Watson, der Mann, den du aufrichtig liebst wie keinen anderen, singt am 23. Dezember in der *Amahl und die nächtlichen Besucher*-Produktion der Owonta-Oper. Er spielt den Kaspar, den halbtauben Weisen. Weisheit, sagt Moss, erscheint in allen Formen. Und du denkst: Ja, manchmal als König und manchmal als zögernder Telefonanruf, in dem es heißt, der König hat Proben bis spät in die Nacht, warte nicht, und wenn du dann zurückrufst und ihm sagen willst, er soll beim Nachhausekommen aufpassen, damit die Katze nicht wegläuft, stellst du fest, dass überhaupt keine Proben stattfanden.

Um drei Uhr morgens hörst du sein Auto in der Einfahrt, das dumpfe Schlagen der Eingangstür. Sobald er das Schlafzimmer betritt, umrahmt die Tür einen Augenblick lang seine gewaltige Größe, erleuchtet sein Haar hell wie Curry. Wenn er sich bückt, um seine Schuhe auszuziehen, scheint es, als hätte ein kleines Teil in seinem Rücken nachgegeben und ihm diese eine langsame Biegung erlaubt. Er ist still. Im Bett küsst er eine deiner Schultern und zieht dann die Decke bis zum Kinn hoch. Er weiß, dass du wach bist. »Ich bin müde«, verkündet er leise, um dich abzuwehren, wenn du zu ihm rollst. Du sagst: »Du hast doch die Katze nicht rausgelassen, oder?«

Er sagt nein, aber wahrscheinlich hätte er es tun sollen. »Du verwandelst dich in eine Katzenmutter. Katzen, Trudy, sind die schlimmste Art von Ersatz.«

Sag ihm, du wolltest schon immer abhauen und dich den Ersatzmüttern anschließen.

Sag ihm, du liebst ihn.

Sag ihm, du weißt, dass er heute Abend keine Proben hatte.

»Wir haben beschlossen, in der Montessori-Schule zu proben. Was bist du jetzt, meine Mutter?«

In der Dunkelheit erkennst du den zarten Haken seiner Nase. Du streichst das Haar aus seiner Stirn. Sagst: »Ich liebe dich, Moss, hast du eine Affäre mit einem Schaf?« Einmal hast du einen Film gesehen, in dem ein Mann eine Affäre mit einem Schaf hatte und sich seiner Freundin gegenüber genauso verhielt wie Moss jetzt dir gegenüber: erschöpft.

Moss' Augen schließen sich: »Ich bin ein König, kein Schäfer, klar? Du führst dich auf wie meine Exfrau.«

Seine Exfrau arbeitet jetzt als Moderatorin in Missouri.

»Hast du eine normale Affäre? Mit einer Person zum Beispiel?«

»Trudy«, seufzt er, wendet sich von dir ab und nimmt sich mehr Decke, als ihm zusteht. »Hör auf damit.« Du weißt, wie dumm du bist. Jeden Moment wird er sich umdrehen, sich an dich drücken und dir unter Küssen versichern, oh, wie sehr er dich liebt. Schließlich sagt er: »Wie um alles in der Welt, Trudy, sollte ich Zeit für eine Affäre haben?«

2.12. Deine Katze wächst, frisst unersättlich und sabbernd wie ein Rennpferd. Bob gab ihr den Namen Stardust Sweetheart, ein bisschen übertrieben sogar für seine Verhältnisse, also denkst du mit Moss über andere Namen nach: Dickerchen, Dickmacher, Köter, Pupser, Sekretariat, Stephanie, Emily. Du rufst sie bei all diesen Namen. »Sie muss lernen, wie man mit Verwirrung umgehen muss«, sagt Moss. »Und langsam sollten wir anfangen, sie rauszulassen.«

Du sagst: »Nein. Sie ist noch zu klein. Es könnte ihr was passieren.« Du hebst sie hoch und weg von Moss. Nimmst sie mit ins Badezimmer. Hältst sie vor den Spiegel. Sagst: »Wer ist das? Wer ist die feine Kleine?« Du fragst dich, ob du dich in Bob verwandeln könntest.

3.12. Manchmal muss Moss im Wohnzimmer proben. König Kaspar besitzt eine große schwarze Schmuckschatulle, über die er dem jungen, bezauberten Amahl etwas vorsingen muss. Er muss Schubladen öffnen und Perlen, Lakritze und Zaubersteine herauszerren. Allerdings klemmen die Schubladen immer dann, wenn sie es gerade nicht sollten. Am Ende reißt Moss seinen falschen Bart ab und schreit: »Ich bring diesen Scheiß nicht! Ich kann nicht über Geld und wertloses Zeug singen. Ich bin der Tenor der Liebe!« Letztes Jahr spielten sie *La Bohème,* und Moss war Rodolfo.

Für so etwas braucht dich Moss: ihm bei seiner Schatulle zu helfen. Du kniest dich neben ihn. Zeigst ihm, dass eine Schublade aus ihrer Laufschiene ist. Zeigst ihm, dass er sie nicht so weit herausziehen darf. Er lächelt und dankt dir mit seiner wütenden König-Kaspar-Stimme: »Oh, danke schön, danke schön, danke schön!« Er fängt seine Arie von vorn an: »›Das ist meine Schatulle. Das ist meine Schatulle. Ich reise nie ohne meine Schatulle.‹«

Jeder Gesang ist, sagt Moss, ein geformtes Schreien.

Du sagst: »Tschau.« Rollst den Fernseher in die Küche. Siehst dir die Nachrichten mit MacNeil und Lehrer an. Machst dir Sorgen um den Kongress.

Du hörst dem Gänseschrei der Züge zu, die jede Nacht an eurem Haus vorbeirollen.

4.12. Manchmal klingelt das Telefon, doch dann hängt der Anrufer auf.

5.12. Beim Trinken steckt die Katze jetzt ihre Pfoten direkt in die Schüssel, steigt dann aus ihrem Wasserbad und leckt sich, wäscht ihr Gesicht, die Ohren entlang und nach unten, als ob sie einen Juckreiz hätte. Du fängst an, sie zu studieren. Die grauen und rosaroten Polster- und Fellstrukturen an ihren Füßen sehen wie winzige Paviangesichter aus. Sie merkt, dass du sie beobachtest, erstarrt, blinzelt dich an, dann beschäftigt sie sich wieder, ihr Gesicht im Bauch, ein Bein gleichzeitig in der Luft, eine vertiefte Ballerina im haarigen Bodystocking. Und obwohl sie so schnell wächst, ist sie plump. Sie läuft zum Beispiel irgendwo, und plötzlich verrenkt sie sich die Hüfte, sie bleibt stehen und schaut es sich an, begreift es nicht. Oder sie stolpert über ihre Füße, oder sie hat Probleme, ihr neues Gewicht auf den Möbelkanten zu balancieren, ihr Körper scheint sie in eine Welt zu drängen, bevor sie selbst bereit ist. Das schlägt Kerben in ihr Selbstvertrauen. Sie sieht dich fragend an: *Was passiert mit mir?* Sie reibt sich an deinen Knöcheln und plärrt. Du hebst sie hoch, klemmst sie unters Kinn, mit vor Liebe zusammengepressten Zähnen, deine Stimme gackert, trieft vor Mütterlichkeit, und sagst Dinge wie: »Wie geht's meiner kleinen Rotznase, meinem kleinen Fusselgesicht, meinem kleinen Honigtopf?«

»Mein Gott, Trudy«, brüllt Moss aus dem Nebenzimmer. »Hör dir mal zu, wie du mit dieser Katze sprichst.«

6.12. Obwohl die Weihnachtseinkaufszeit voll im Gang ist, läuft der Owonta Flair, der Laden in der Innenstadt, in dem du arbeitest, nicht gut. »Die Einkaufscenter«, stöhnt Morgan, deine Chefin. »Jedes Jahr Weihnachten die Einkaufscenter! Wir sind ruiniert. Diese Hausschuhe mit dem Pfefferminzstangenmuster. Was soll ich bloß mit denen machen?«

Du empfiehlst ihr, jeweils einen Slipper von einem Paar mit einem Mammutschild ins Fenster zu stellen, auf dem steht: PARTNER IM LADEN. »Die Leute sehen nur das Schild. Thom McAn hat das mal gemacht. Sie kamen hordenweise.«

»Du hast Depressionen«, sagt Morgan.

7.12. Einmal ladet ihr, du und Moss, die Hauptdarsteller, außer Amahl, zum Abendessen vor einer Probe ein. Du lädst auch Bob ein. Drei Könige, Amahls unverheiratete Mutter, du und Bob: So können vier Leute verschrobene Anekdoten über die Produktion zum Besten geben, und zwei hören zu.

»Das ist wirklich eine Kitschoper«, sagt Sonia,

die Amahls Mutter spielt. »Zum Weglaufen sentimental.« Sonia ist alles, was du immer sein wolltest: intelligent, jüdisch, freundlich, mit dichtem Haar wie Osternestgras. Sie spricht mit einem Mundvoll deines Spinatauflaufs. Sie sagt, er schmecke ihr. Nachdem sie geschluckt hat, bleibt ein Stück Spinat zurück, wickelt sich um einen ihrer Schneidezähne, als hätte sie eine Lücke. Doch ansonsten ist sie sehr schön. Keiner erwähnt den Spinat auf ihrem Zahn.

Zwei Zimmer weiter spielt die Katze mit einer Murmel in der leeren Badewanne. Das ist eins ihrer Lieblingsspiele. Sie schlägt die Murmel, und die jagt um das Porzellan wie ein Rennauto. Ein ratternder Lärm, andauernd.

»Was ist das für ein sonderbarer Lärm?«, fragt Sonia.

»Das ist die Bestie«, sagt Moss. »Wir sollten sie rausschicken, Trudy.« Er gießt Sonia Wein nach, und sie murmelt »danke«.

Du springst auf und sagst: »Ich nehme ihr die Murmel weg.«

Hinter dir hörst du Bob: »Sie gehörte mal mir. Sie heißt Stardust Sweetheart. Ich wurde allergisch.«

Melchior ruft dir hinterher: »Ach, lass die Katze in Ruhe, Trudy. Lass ihr doch den Spaß.« Trotzdem gehst du ins Bad und nimmst die Murmel weg. Deine Katze schaut aus der Wanne zu dir hoch, den Kopf schräg zur Seite gelegt, süß und verwirrt wie ein Kinderfilmstar. Dann wendet sie sich ab und haut nach den Tröpfchen aus dem Wasserhahn. Du kraulst sie im Genick. Schließt die Tür, wenn du hinausgehst. Steckst die Murmel in deine Tasche.

Du hörst Balthazar Witze über die Oper reißen.

»Ich fand Menotti schon immer langweilig«, erklärt Melchior, als du ins Zimmer zurückkommst.

»Eben für die NBC geschrieben, was willst du da erwarten«, sagt Sonia. Und bald schwärmt sie von *La Bohème* und anderen Opern. Sie benutzt Wörter wie *verismo, messa di voce,* Montserrat Caballé. Sie lächelt. »Bei einer Oper sollte es sich um das Gleiche drehen wie bei der Empfängnisverhütung: um Sex, *nicht* um Kinder.«

Du fängst an, die Teller abzuräumen. Sagst den Leuten, sie sollen ihre Gabeln für den Nachtisch behalten. Erklärst ihnen, dass, egal, was alle anderen sagen, du *Amahl* für eine wunderschöne Oper hältst und dich der Schluss, als die Mutter ihren Sohn mit den Königen wegschickt, jedes Mal zum Weinen bringt. Moss macht dir ein Zeichen. Du nimmst deinen Mut zusammen. Wirfst deinen Kopf in den Nacken. Fügst hinzu: »*Papageno, Papagena* – für mich dreht sich in *La Bohème* alles nur um einen Haufen Wollschals.«

Wein wird hastig geschluckt.

Nur Bob schaut dich an und lächelt. »Hier. Ich helfe dir mit den Tellern«, sagt er.

Moss steht auf und gibt eine Ablenkungsansage durch: »Sonia, du hast ein Stück Spinat auf deinem Zahn.«

»Jesus«, sagt sie, und ihre Zunge bohrt einen Tunnel unter der Lippe, als wäre sie eine elegante Taschenratte.

8.12. Manchmal duscht Moss doch noch gern mit dir bei Kerzenschein. Meistens bleiben euch zehn Minuten, bevor das heiße Wasser zu Ende ist. Du seifst seinen Rücken ein, seine breiten Schultern, die etwas in dir abrufen, ein heftiges Verlangen. Du schmiegst dich an ihn. Flüsterst: »In Wirklichkeit mag ich *La Bohème,* weißt du.«

»Schon gut«, sagt Moss, ganz Vergebung. Er dreht sich um und packt deine Gesäßbacken.

»Deine Freunde machen mich eben nervös. Vielleicht liegt es auch an der Arbeit, diese Vierzig-Watt-Hysterikerin Morgan macht mich verrückt.« Eigentlich magst du Morgan.

Du fängst an, einen Dionne-Warwick-Song zu summen, wirst dann befangen und hörst auf. Moss mag nicht, wenn unter der Dusche gesungen wird. Er hat seine Opern, seine Kirchenjobs, seine Hochzeiten und Mitzvahs – unter der Dusche hat er strikt dienstfrei. Du sagst: »Ich meine, es *könnte* auch an Morgan liegen.«

Moss hält seinen Kopf nach oben unter den Wasserschwall, selig, abwesend. Sein Haar klatscht nach hinten, wie bei einem Baby oder einem Gangster, dunkel vom Wasser, glänzend wie eine Schallplatte. »Macht dich Bob nervös?«, fragt er.

»Bob? Bob leidet an unheilbarer Freundlichkeit. Ich mag Bob.«

»Ich auch. Er ist wirklich gut.«

Du sagst: »Ja, er macht wirklich Mut.«

»Ich sagte *gut*«, erklärt Moss. »Nicht *Mut*.« Es wird ruhig. In letzter Zeit gab es öfters solche Missverständnisse zwischen euch. Letzte Nacht im Bett sagtest du: »Moss, normalerweise rede ich nicht gern über schwierigen Sex, aber –« Und er sagte: »Ich rede auch nicht gern über schmierigen Sex.« Und dann schlief er ein, seine Schnarcher kratzten in der Dunkelheit wie Zombies.

Ihr spült euch abwechselnd den Seifenschaum ab. Du sagst ihm nicht, dass er das Wasser in Beschlag nimmt. Fragst ihn schließlich: »Glaubst du, dass Bob schwul ist?«

»Natürlich ist er schwul.«

»Woher weißt du das?«

»Oh, ich weiß es nicht. Er hängt bei Sammy's im Einkaufscenter rum.«

»Ist das eine Schwulenbar?«

»Bisschen von allem.« Moss zuckt die Achseln.

Du denkst: Bisschen von allem. Genau wie ein Einkaufscenter. »Warst du schon mal dort?« Du scheuerst energisch zwischen deinen Brüsten.

»Ein paar Mal«, sagt Moss, und das Wasser wird kälter.

Du sagst: »Oh.« Dann drehst du den Wasserhahn zu und steigst auf die Badematte. Reichst Moss ein Handtuch. »Wahrscheinlich komme ich nicht oft in solche Läden, weil ich arbeite und versuche, unsere arme, im Existenzkampf befindliche Innenstadt zu beleben.«

»Wahrscheinlich nicht«, sagt Moss, und Kerzenschatten schwanken auf dem Duschvorhang.

9.12. Vor zwei Jahren, als Moss gerade eingezogen war, hatte das Aufstehen am Morgen etwas Aufregendes. Du bist aufgestanden, hast dich angezogen und wusstest, dass dein Liebhaber schlafend in deinem Bett lag, du bist in den frühen Büromorgen und den Berufsverkehr gefahren, mit dem Gefühl, dass dir alles gehörte, *Your Man,* wie es in einem Patsy-Cline-Song hieß, lag zu Hause zwischen deinen Decken und pumpte Blut durch deinen Tag wie ein Herz.

Inzwischen legst du eine krankhafte Faszination

für Nachrichtenshows an den Tag. Du stehst auf, ziehst dich an, knipst den Fernseher ein, sitzt davor mit einer Schale voll Getreideflocken im Schoß, verfluchst leise alle Regierungen der Welt, setzt dich in dein Auto, fährst zur Arbeit, fragst dich, woher die Sonne bloß die Nerven nimmt, ihr Gesicht zu zeigen, fragst dich, warum die Welt Geschwindigkeit annimmt, sogar alte Damen dich auf dem Highway überholen, warum du nicht eine einzige erotische Phantasie ohne Moss hast, ob es wirklich so etwas wie Vitamine gibt, ob du lieber an Krebs oder bei einem Autounfall sterben würdest, und der Mann, den du liebst, zu Hause, schlafend, schlägt wie ein schweres, schweres Herz durch deinen Tag.

»Gottverdammte Slipper«, sagt Morgan bei der Arbeit.

10.12. Inzwischen klettert die Katze gern in die Badewanne und stellt sich unter den tropfenden Wasserhahn, um sich zu säubern. Sie lässt das Wasser auf ihr Gesicht perlen, wischt sich dann trocken und entfernt sorgfältig das klebrige Zeug aus ihren Augen.

»Ist sie nicht wunderschön?«, fragst du Moss.

»Ja. Komm her, du kleiner Kotzkübel«, sagt er und haut der Katze auf die Lenden, als wäre sie ein Hund.

»Sie ist kein Hund, Moss. Sie ist eine Katze.«

»Richtig. Sie ist eine Katze. Vergiss das nicht, Trudy.«

11.12. Wieder das Telefon. Das Läuten und Aufhängen.

12.12. Moss kommt immer noch spät nach Hause. Er streichelt dich wie jemand, der abends sehr müde ist und noch Müll rausbringen und die Tür zuschließen muss.

Er schläft mit hinter dem Kopf verschränkten Armen, die Ellbogen stehen vor, tückisch wie Dolche, wie der feindliche Streitwagen in *Ben Hur.*

13.12. Du kaufst einen Weihnachtsbaum, Christbaumschmuck, einen Ständer und schleifst alles nach Hause, um es für Moss aufzubauen. Du zeigst ihm dein Überraschungswerk.

»Warum sind die Lichter dahinten alle auf einem Haufen?«, fragt er und schließt die Eingangstür hinter sich.

Du sagst: »Ich weiß. Sind sie nicht toll? Warte erst mal das Lametta ab.« Du verteilst ein paar Handvoll Silbereiszapfen, verfilzt wie Luzernensprösslinge, auf die Zweigspitzen.

»Sehr süß«, sagt Moss, küsst dich und lässt dich

dann stehen. Du folgst ihm ins Badezimmer. Fragst, wie die Probe lief. Er deutet auf das Katzenklo und singt: »›Dies ist meine Schatulle. Ich reise nie ohne meine Schatulle.‹«

Du sagst: »Dir geht es nicht gut, Moss.« Spielst mit seiner Gürtelschlaufe.

14.12. Das weiße Fell am Genick der Katze wächst und gleicht einem steifen Jakobinerkragen. »Eine sogenannte Rabatte«, erklärt Moss, der plötzlich solche Dinge zu wissen scheint. »Wann werden wir sie rauslassen?«

»Irgendwann, wenn sie älter ist.« In letzter Zeit zieht es die Katze an das vordere Fenster wie einen Hypochonder ins Bett. Wenn sie dort sitzt, gilt ihr Interesse mehr den Autos, den knotigen Fingern der Bäume, den gelegentlichen Eichhörnchen, den langen, liegenden Leitern gleichenden Schienensträngen, und weniger dir. Du rufst sie: »Hier Puschi-Kuschi-Muschi.« Du bearbeitest, bestichst sie mit Futter.

15.12. In der Stadt laufen Filme: einer über Brasilien und einer über sexuelle Ausschweifungen in der Provinz von New York. »Was meinst du, Moss? Willst du am Wochenende ins Kino?«

»Ich kann nicht«, sagt Moss. »Du weißt, wie viel ich zu tun habe.«

16.12. In den Abendnachrichten geht es ständig um Tod: junge Soldaten, junge Mütter, junge Kinder. Im Vergleich dazu hast du schon ewig gelebt. In einer Art Himmel.

17.12. Du gibst deiner Katze eine Kartoffel und lässt sie damit wie einen Fußballer dribbeln. Sie bewegt sich harmonisch, vollführt kleine Dramen mit der Kartoffel, tut so, als hätte sie sie erobert, stolziert über sie hinweg, dann schlägt sie wieder Purzelbäume zu ihr hin. Sie läuft nicht mehr wie eine Bombe durch die Gegend und kracht nicht mehr gegen die Anrichte. Sie lernt Bewegungen. Sie beobachtet die Kartoffel am Fuß des Geschirrschranks, schleicht sich an, dann schlägt sie zu. Wenn es ihr langweilig wird, klettert sie auf die Fensterbank und sieht hinaus, schwanzwedelnd. Inzwischen haben sie andere Katzen entdeckt und kommen nachts vorbei. Obwohl sie gehen möchte, lässt du sie nicht zur Tür hinaus.

18.12. Das Telefon läutet. Du sagst hallo, und der Anrufer hängt auf. Zwei Minuten später läutet es wieder, nur nimmt diesmal Moss im Nebenzimmer ab, spricht sanft, dunkel, nicht mit der jovialen Telefonstimme des Moss vom vorigen Jahr. Sobald er einhängt, schlenderst du rüber und sagst gleichgültig wie Pappe: »Also, wer war das?«

»Halt«, sagt Moss. »Hör auf.«

Frag ihn, was so besonders daran ist, es war Sonia, oder nicht?

»Hör auf«, sagt Moss. »Du bist wie meine Frau. Die Dinge wiederholen sich.«

Sag, dass nichts sich wiederholt. Nichts, nichts, nichts. »Sonia, stimmt's?«

»Trudy, du musst damit aufhören. Du hast dir zu oft *Tosca* angehört. Ich gehe jetzt und hole mir einen Hamburger. Möchtest du auch was?«

Du sagst: »Moss, ich bin der einzige Mensch auf der Welt, der dich kennt. Und eigentlich kenne ich dich überhaupt nicht mehr.«

»Das ist eine andere Oper«, sagt er. »Ich hole mir jetzt einen Hamburger. Möchtest du auch was??«

Weine nicht. Bleibe bei einsilbigen Worten. Sage: »Nein. Gut. Geh.«

Sag: »Lass bitte die Katze nicht raus.«

Sag: »Du solltest dir einen Hut aufsetzen, es ist kalt.«

19.12. Eigentlich hast du dir immer Dionne Warwicks Golden Hits angehört – musikalische Herzchirurgie, die für dich ausreichte. Manchmal hebst du die Katze auf, tanzt mit ihr, und ihr Schnurren wirkt monoton und kommt stoßweise, als wäre sie ein Walkie-talkie.

Bei *Do You Know the Way to San Jose* setzt du sie ab, tanzt einen verunglückten Charleston, während sie deine bestrumpften Füße angreift, die sie für riesige Nagetiere hält.

Manchmal fliegst du in den Weihnachtsbaum.

Manchmal brichst du auf einem Stuhl zusammen und redest dir ein, dass alles noch in Ordnung ist.

Wenn Robert MacNeil über die steigende Inflation berichtet, stellst du dir vor, wie er sich in einem Motel anmeldet, mit einer lebensgroßen aufblasbaren Puppe. Auf diese Weise gelingt es dir, dich hin und wieder zu amüsieren.

Wenn Moss früh um vier nach Hause kommt, flüsterst du: »Es gibt so viele Menschen auf der Welt, Moss, aber du kannst sie nicht alle lieben.«

»Das tu ich nicht«, sagt er, »ich kann nicht alle kriegen.«

20.12. In dieser letzten Woche vor Weihnachten bleiben die Geschäfte im Einkaufscenter lange geöffnet. Moss ist angeblich wegen einer Werbekampagne für *Amahl und die nächtlichen Besucher* da, »in dem Pavillon neben dem Pavillon mit dem Weihnachtsmann«. Du beschließt, mal hinzufahren. Vielleicht kannst du dich ein wenig in den Herrenboutiquen nach einem Pullover für Moss, vielleicht sogar nach einem für Bob umsehen. Letztes Jahr ging Weihnachten daneben: Ihr, du und Moss, habt die Geschenke des anderen in Bargeld umgetauscht. Dieses Jahr möchtest du es besser machen. Möchtest du Pullover kaufen.

Der Parkplatz des Einkaufscenters ist, sogar um sieben Uhr abends, dicht wie eine Dichtung, wie Moss sagen würde, obwohl du es schaffst, eine Lücke zu finden.

In der Eingangshalle des Centers riecht es nach altem Popcorn, trockener Hitze und drei Tage altem Penner-Urin. Ein Säufer, der an der Tür zusammengesackt ist, lächelt und prostet dir mit nichts zu. Du sagst: »Cheers.«

Auf deiner Reise zu den Pavillons am anderen Ende des Einkaufscenters tauchst du zunächst in den Fachgeschäften unter. Du vergleichst die Preise mit denen bei Owonta Flair: Hier sind die Sachen ein bisschen billiger. Du kaufst einiges, das meiste für Moss und die Katze.

In der Tierhandlung reicht dir der Kassierer dein Paket, lächelt und sagt: »Frohe Weihnachten.«

Du sagst: »Ihnen auch.«

In dem Herrenpullovergeschäft reicht dir der Kassierer dein Paket, lächelt und sagt: »Frohe Weihnachten.«

Du sagst: »Ihnen auch.«

In dem Gürtelgeschäft reicht dir der Kassierer

dein Paket, lächelt und sagt: »Kommen Sie wieder.«

Du sagst: »Ihnen auch.« Dir wird warm. Du kneifst deine Augen auf Samengröße zusammen.

Im Pavillon neben dem Weihnachtsmannpavillon ist nur ein alter Mann im grauen Overall und stapelt Klappstühle aufeinander.

Du sagst: »Entschuldigen Sie, sollte hier nicht *Amahl und die nächtlichen Besucher* stattfinden?«

Der Mann unterbricht seine Arbeit einen Moment lang. »Dort sind Besucher«, sagt er und deutet in alle Richtungen, hinter den Pavillon auf all die Käufer. Die Käufer in Parkas. Käufer, die sich langsam wie der Winter bewegen. Käufer, die seit Stunden keinen Fußgängerweg und kein Fenster gesehen haben.

»Ich meine die Opernwerbung.«

»Die Sänger?« Er schaut auf seine Uhr. »Die haben schon vor einer Weile zusammengepackt.«

Du bedankst dich und schlenderst rüber zu den Kinos 1-2-3, um die Filmplakate zu lesen. Du willst gerade gehen, als du Moss und Bob zusammen aus der Bar beim Theater kommen siehst. Sie sehen müde aus.

Du ordnest deine Päckchen. Gehst hinüber. Sagst: »Hi. Scheint so, als hätte ich die Werbeveranstaltung verpasst, also wollte ich mir einen Film ansehen.«

»Wir haben sie vorzeitig beendet«, sagt Moss. »Sonia ging es nicht gut. Bob und ich sind kurz auf einen Drink bei Sammy's eingekehrt.«

Du siehst dich um und erkennst das Schild, auf dem, natürlich, SAMMY's steht.

Bob lächelt und sagt: »Hallo, Trudy.« Da Bob immer ›hallo‹ und nie ›hi‹ sagt, gelingt es ihm immer wieder, ein bisschen wie Mister Rogers zu klingen.

Du erkennst noch das Make-up und die Klebspuren in Moss' Gesicht. Sein falscher Bart lugt aus seiner Manteltasche hervor. Du sagst: »Na, Moss. Und die ganze Zeit dachte ich, es wäre Sonia, dabei ist es Bob.« Du greifst ihm unters Kinn. Behältst dein Lächeln bei. Du bist die Einzige, die lächelt. Nicht mal Bob lächelt. Du hast eindeutig das Falsche gesagt.

»Fuck off, Trudy«, sagt Moss endlich und streicht sein Haar mit der Handfläche aus der Stirn zurück.

Bob windet sich in seinem Mantel. »Ich glaube, ich hab was vergessen«, sagt er. »Ich seh euch zwei später.« Und er berührt Moss' Arm, dreht sich um und verschwindet wieder bei Sammy's.

»Mein Gott, Trudy.« Moss' Stimme dröhnt plötzlich durch das Einkaufscenter. Ein paar Läden schließen, Männer kommen heraus und lassen die metallenen Nachtgitter herunter. Der Weihnachtsmann ist aus dem Pavillon gekommen und isst eine Frühlingsrolle.

Moss wendet sich von dir ab und stürmt dem Ausgang zu, ein wütender Riese mit einem Bart in der Manteltasche. Du rennst hinter ihm her und packst seinen Ärmel, bringst ihn zum Stehen. Du sagst: »Es tut mir leid, Moss. Was mache ich bloß? Sag mir, was mache ich bloß falsch!« Du siehst zu seinem Gesicht auf, mit den orangefarbenen und braunen Linien und den Klebstoffresten und begreifst: Er versteht nicht, dass du euer Leben gemeinsam geplant hast. Dass du sogar euren Tod gemeinsam geplant hast, natürlich keinen richtigen Tod, sondern eher einen *pas de deux.* Wie Gene Kelly und Leslie Caron in *Ein Amerikaner in Paris*, nur älter.

»Du kannst die Leute einfach nicht sein lassen«, sagt Moss, jeder Konsonant ausgespuckt wie eine Gräte.

Du sagst: »Leute sein lassen? Das versteh ich nicht. Moss, was ist bloß mit uns los?« Du möchtest ihm helfen, ihn retten, Häuser und herrliche Rasen um ihn herumbauen.

»Mit *uns?*«

Moss' Stimme ist laut. Er zieht seine Handschuhe an. Er sagt dir, du seist ein Kind. Er müsse weggehen. Du hättest es geschafft, die Liebe auf ein Mädchen und eine Karte, wie das Wetter, zu reduzieren, und er müsse von dir weggehen, eine Zeitlang woanders wohnen und nachdenken.

Die Tasche mit dem Katzenfutter rutscht und fällt herunter. »Die Oper ist in drei Tagen, Moss. Wo willst du hingehen?«

»Jetzt«, sagt er, »gehe ich mir erst mal einen Hamburger holen.« Und er stürmt auf die Einkaufscentertüren zu, drückt gegen alle, bis er diejenige gefunden hat, die offen ist.

Am Süßigkeitenstand im Kino starrst und murmelst du vor dich hin. »*Gut und Reichlich.* Es gibt kein *Gut und Reichlich*.« Dein Pony hängt in deine Phantasien. Du hörst ständig *Jingle Bells*, immer und immer wieder.

In deiner Kindheit war in den Innenstadtkinos alles aus geschnitztem Holz gemacht, und auf der Damentoilette hingen eingerahmte Fotografien von Elizabeth Taylor und Ava Gardner. Die Kinos hatten Namen: The Rialto, The Paramount. Es gab Platzanweiser und *Gut und Reichlich*. Platzanweiser mit Taschenlampen und Fliegen. Das ist der Unterschied zu heute. Keine Platzanweiser. Heute muss man alles selbst machen.

»Trudy«, sagt eine Stimme hinter dir. »Möchtest

du, dass ich dich ins Kino begleite?« Die passive Stimme. Es ist die von Bob. Du wendest dich ihm zu, aber es ist wie mit dem *Gut und Reichlich,* du siehst eigentlich nichts davon, alles um dich ist vage und verschwommen wie Schmiere in deinen Augen.

Du sagst: »Natürlich. Warum nicht.«

Ihr setzt euch in Kino 3 auf Plätze nahe am Gang. Du hörst dir die seichte Musik an. Die Luft riecht wie Flugzeugluft.

»Das mit Moss ist eine komische Sache«, sagt Bob, geradeaus blickend. »Er ist so mit der Oper beschäftigt, dass er bei bestimmten Sachen an seine Grenzen stößt. Das führt dazu, dass er sich unruhig und unterdrückt fühlt. Aber, Trudy, Moss ist ein guter Mann. Wirklich.«

Du sagst nichts, und dann, endlich: »Moss wer?«

Du starrst auf den Vorhang mit den rosaroten Lichtern. Versuchst, dich auf wichtigere Themen zu konzentrieren, zum Beispiel den sauren Regen.

Bob tippt mit den Fingern auf die Metalllehne des Sessels. Du sagst: »Hör zu, Bob. Ich bin kein Idiot. Ich bin in New York geboren. Ich habe bis zu meinem vierten Lebensjahr dort gewohnt. Komm schon. Sag mir: Mit wem schläft Moss?«

»Soweit ich weiß«, antwortet Bob, überzeugt und

ernst wie eine überprüfte Hypothese, »schläft Moss mit niemandem.«

Du starrst weiter auf die rosaroten Lichter. Dann sagst du mit lauter Altstimme: »Er schläft mit *mir*, Bob. Ich bin's, mit der er schläft.«

Sobald die Lichter abgeblendet werden und die Vorhänge auseinandergehen, tauchen Feuerzeuge auf der Leinwand auf mit dem Hinweis, dass du nicht rauchen sollst. Dann kommt die Vorschau. Bob lehnt sich zu dir, sagt: »Diese Vorschauen sind furchtbar.«

Du sagst: »Ja. Demnächst, nichts kommt demnächst.«

Es sind so viele Vorankündigungen, dass du vergisst, welchen Film du eigentlich sehen wolltest. Als der Hauptfilm an der Reihe ist, bist du verblüfft. Die Bilder verschmelzen zu einem einzigen Kopfschmerz. Der Film scheint von einer Frau zu handeln, deren Liebhaber, als er das Interesse an ihr verloren hat, anfängt, sich merkwürdig zu verhalten, zum Beispiel brüllt er wegen der Katze herum und macht in Einkaufscentern Szenen.

»Worum geht's in diesem Film?«

»Brasilien«, flüstert Bob.

Die Zuschauer haben angefangen, über irgendwas zu lachen, was jemand macht; du fühlst dich ausgeschlossen in diesem Exil der Komik. Du flüsterst: »Bob, ich werde gehen. Willst du mitkommen?«

»Ja, allerdings will ich«, sagt Bob.

Es ist halb elf und kalt. Die Geschäfte im Center sind endlich geschlossen. Die Autos auf dem Parkplatz fahren weg. Du sagst zu Bob: »Gott, sieh dir an, wie viele Leute hier einkaufen.« Plötzlich erscheint dir die ganze Welt wie eine langsam sterbende Innenstadt.

Du entdeckst deinen Wagen und steuerst auf ihn zu. Bob zieht dich am Ärmel. »Mein Auto steht da drüben. Hör zu, Trudy. Wegen Moss: Egal, was mit ihm los ist, egal, was er auch beschließt, der Mann liebt dich. Ich weiß es genau.«

Du ziehst behutsam deinen Ärmel weg. Trittst ein Stück auf deinen Wagen zu. Scheinwerfer, überall Scheinwerfer und quietschende Reifen. Du sagst: »Bob, du bist ein lieber Mensch. Aber sentimental bis zum Gehtnichtmehr.« Drehst dich auf dem Absatz deines Stiefels um und gehst.

Zu Hause weigert sich die Katze, mit dir nach Dionne Warwick zu tanzen. Sie sitzt auf der Fensterbank, ein Grollen im Hals, ihr Schwanz ein Staubpendel. Draußen sind, ohne Zweifel, Freier und betteln sie an, nicht so kaltherzig zu sein. »Sind deine Freunde dort, wie?« Sobald du die Anlage abgeschaltet hast, springt sie von der Fensterbank und schlängelt sich zärtlich um deine Fesseln. Du sagst etwas, das du niemals für möglich gehalten hättest. Sagst: »Willst du raus?« Sie schaut dich an, ein einziges Hoffen und Flehen, folgt dir zur Tür und beobachtet vorsichtig, wie sich deine Hand zum Knauf bewegt: Sie möchte, dass du sie gehen lässt, sie gehen und sein lässt. Du fängst langsam an, drehst, ziehst. Die Saugkraft von Tür und Rahmen gibt nach, und die kalte Nacht deutet sich wie eine mögliche Zukunft an. Sie läuft nicht sofort weg. Aber ihr ganzer Körper ist elektrisiert, inspiziert den Hof nach Augen und Rascheln, und gleich links neben der Straßenbeleuchtung erspäht sie sie – vier, fünf phosphoreszierende Schimmer – und, ohne einen Stups, ohne einmal zurückzublicken, huscht sie hinaus, weg vom Wintergarten, zu ihnen hin, in irgendetwas süßes Unbekanntes, irgendwie bekanntes Unbekanntes, in eine neue und doch ganz alte Religion.

21.12. Jede Liebe, jedes Dreikönigsfest ist saisonbedingt wie Weihnachten.

Moss schaut kurz vorbei, um ein paar Sachen zu holen. Er bleibt für ein paar Tage bei Balthazar und wird sich dann, nach der Oper und Weihnachten und allem, irgendwo ein Appartement mit Kochnische suchen.

Du nickst. »Kochnische. Großartig. Genau das ist die Hölle: eine Kochnische.« Du möchtest ihn fragen, ob das alles nur eine alberne Oper ist, in der er dich verlässt, um dir seinen tragischen, bläulichen Tod durch Schwindsucht zu ersparen.

Er sagt: »Das ist etwas, was ich einfach tun muss.« Er öffnet Geschirrschränke in der Küche, Kleiderschränke im Flur, holt Schachteln, Tassen und Stiefel herunter. Bei alledem geht er langsam vor, macht es nicht auf die gemeine Art, du bist dankbar dafür.

»Was hast du gestern Abend gemacht?«, fragt er, ohne dich anzusehen, aber seine Stimme ist aufdringlich wie eine Berührung.

»Ich hab mir zwei Stunden lang MacNeil-Lehrer angesehen. Man kriegt sie auf Kanal sieben und dann später auf Kanal vier.«

»Richtig«, sagt Moss. »Ich weiß.«

Du schweigst. Dann sagst du: »Letzte Nacht hab ich die Katze rausgelassen. Endgültig.«

Moss sieht dich an und lächelt.

Du lächelst zurück und zuckst die Achseln, als sei die ganze Welt eine Komödie, an der du allerdings erst jetzt Gefallen findest. Moss will eine Hand auf deine Schultern legen, zieht sie dann aber zurück. »Glückwunsch, Trudy«, murmelt er.

»Aber sie ist bis jetzt noch nicht zurückgekommen. Ich habe sie seit gestern Abend nicht mehr gesehen.«

»Sie wird zurückkommen«, sagt Moss. »Es ist doch erst ein Tag.«

»Aber ein ganzer Tag. Vielleicht sollte ich eine Anzeige aufgeben.«

»Es ist doch erst ein Tag. Sie wird zurückkommen. Du wirst sehen.«

Du weichst vor ihm zurück. Draußen, vor der Straßenbeleuchtung, fällt etwas Schneeähnliches. Du denkst wieder an MacNeil-Lehrer. Sagst mit gleichmäßigem Ton: »Weißt du, es gibt Leute, die haben viel mehr Ahnung als wir, die sagen, dass sich ein Atomkrieg nicht umgehen lässt, dass wir mit Sicherheit einen haben werden, es ist nur eine Frage der Zeit. Und wenn er kommt, wird er unsere Kommunikationssysteme zerstören, unsere Siliconchips schmelzen –«

»Trudy, bitte.« Er möchte, dass du aufhörst. Er kennt diese Schärfe in deiner Stimme, diese MacNeil-Schärfe. Die ganze Welt versagt und verknotet sich auf deiner Zunge.

»Und dann, wenn du irgendwo anders wohnst, in irgendeinem Appartement mit Kochnische, wie kann ich dich dann erreichen? Ich werde hier sein, Moss, ganz allein in meinen rosaroten Slippern mit den Bommeln, der ganze Planet um mich herum explodiert, und ich habe keine Möglichkeit, mit dir zu reden, dir zu sagen –« In der fünften Klasse lerntest du die allerersten Worte, die am Telefon gesprochen wurden: *Mr. Watson, kommen Sie, ich brauche Sie!* Und plötzlich, während du ihn ansiehst, die kartoffelig aufgeblasenen Wangen, sein ginsterblondes Haar, kommt es dir, wie es einem Kind kommen würde: Eines Tages wird dieser Mann, den du so liebst wie keinen anderen, sterben wie jeder andere auch. Egal, wie sehr du ihn liebst, du kannst ihn nicht retten. Egal, wie sehr du liebst, nichts, niemand bleibt.

»Moss, wir sind nicht sicher.«

Und obwohl die Wände nicht zittern, der Fußboden nicht bebt, bewegen sich Schuhe über dem zerschlissenen Teppich, und Moss scheint sich zu lösen, dir entgegenzuschweben, seine Gesichtszüge fangen an, in nach unten verlaufenden Diagonalen zu gleiten, irgendein Chip in seinem Rücken löst sich und erlaubt ihm, sich zu bewegen. Seine Arme greifen nach dir und holen dich eng an seine Brust. Seine Hemdknöpfe stechen und sein Kinn hakt, schließt sich um dein Genick. Wenn er fort ist, wird die Welt langweilig wie der Mars.

»Es ist alles gut«, flüstert er, und seine Lippen spielen in deinem Haar. Die Gegenstände lösen sich an ihren Rändern auf, wie eine nicht besonders brillante Lüge.

»Es ist alles gut«, sagt Moss.

O. Henry

Das Geschenk der Weisen

Ein Dollar und siebenundachtzig Cent. Das war alles. Und sechzig Cent davon in Pennys, einen nach dem anderen beim Krämer, Metzger und Gemüsemann zusammengeklaubt, bis der stumme Vorwurf der Knauserigkeit, den solches Feilschen mit sich bringt, einem die Schamesröte ins Gesicht trieb. Dreimal zählte Della nach. Ein Dollar und siebenundachtzig Cent. Und morgen war Weihnachten.

Da blieb wohl nur eins: sich weinend auf die abgewetzte kleine Couch zu werfen. Und das tat Della denn auch. Was zu der philosophischen Betrachtung verleitet, dass das Leben aus Schluchzen, Schniefen und Lächeln besteht, wobei das Schniefen überwiegt.

Wenden wir uns, während die Hausherrin sich allmählich beruhigt und von der ersten zur zweiten Stufe übergeht, ihrem trauten Heim zu. Eine möblierte Wohnung für acht Dollar die Woche. Schäbig, wie sie war, spottete sie zwar nicht jeder Beschreibung, war doch aber auch nicht weit davon entfernt.

Unten im Hausflur befanden sich ein Briefkasten, in den sich nie ein Brief verirrte, und eine elektrische Klingel, der kein sterblicher Finger ein Läuten entlocken konnte. Zu diesem Ensemble gehörte auch eine Karte mit dem Namen »Mr. James Dillingham Young«. Das wohltönende »Dillingham« verdankte sich einem Lebensabschnitt, in dem der Namensträger dreißig Dollar in der Woche verdient hatte. Nachdem das Einkommen nun auf zwanzig Dollar geschrumpft war, schienen die Buchstaben des Namens »Dillingham« ernsthaft darüber nachzudenken, ob sie sich nicht zu einem bescheidenen, anspruchslosen »D« zusammenziehen sollten. Wenn aber Mr. James Dillingham Young nach Hause kam und seine Wohnung betrat, hieß er »Jim« und wurde von Mrs. Dillingham Young, die wir bereits als Della kennengelernt haben, aufs liebevollste umarmt. So weit, so gut.

Della hörte auf zu weinen und bearbeitete ihr Gesicht mit der Puderquaste. Sie trat ans Fenster und betrachtete mit trübem Blick eine graue Katze, die in einem grauen Hinterhof an einem grauen Zaun entlangstrich. Morgen war Weihnachten, und sie hatte nur einen Dollar und siebenundachtzig Cent, um Jim ein Geschenk zu kaufen. Seit Monaten sparte sie jeden Penny, und das war nun dabei herausgekommen. Mit zwanzig Dollar in der Woche kam man nicht weit. Die Ausgaben waren höher gewesen, als sie gedacht hatte – leider haben Ausgaben das so an sich. Nur einen Dollar siebenundachtzig, um Jim ein Geschenk zu kaufen. Ihrem Jim. Viele glückliche Stunden hatte sie damit verbracht, sich etwas Schönes für ihn auszudenken. Etwas Vornehmes, Einmaliges, Gediegenes – etwas, womit sie sich beinahe der Ehre würdig erweisen konnte, zu Jim zu gehören.

Zwischen den Fenstern hing ein Wandspiegel. Haben Sie schon mal einen Wandspiegel in einer Acht-Dollar-Wohnung gesehen? Eine sehr schmale und sehr behende Person kann, wenn sie ihr Spiegelbild in einer raschen Folge von Längsstreifen betrachtet, einen einigermaßen zutreffenden Eindruck von ihrem Aussehen bekommen. Della war schlank und beherrschte diese Kunst.

Unvermittelt drehte sie sich vom Fenster weg und trat vor den Spiegel. Ihre Augen strahlten, aber ihr Gesicht hatte binnen zwanzig Sekunden alle Farbe verloren. Rasch löste sie ihr Haar, so dass es lang den Rücken herunterfiel.

Nun muss man wissen, dass es bei den James Dillingham Youngs zwei Dinge gab, auf die sie mächtig stolz waren: zum einen Jims goldene Uhr, die schon seinem Vater und seinem Großvater gehört hatte, zum anderen Dellas Haar. Hätte auf der anderen Seite des Lichtschachts die Königin von Saba gewohnt, Della hätte ihr Haar irgendwann einmal zum Trocknen aus dem Fenster gehängt, nur um damit sämtliche Juwelen und Geschenke Ihrer Majestät in den Schatten zu stellen. Wäre König Salomo mit all seinen im Keller gehorteten Schätzen der Hausmeister gewesen, hätte Jim jedes Mal im Vorbeigehen die Uhr gezogen, nur um zu erleben, wie er sich neidisch den Bart zupfte.

Jetzt fiel also Dellas schönes Haar in glänzenden Wellen wie ein goldbrauner Wasserfall an ihr herab. Es reichte ihr bis unter die Knie und hüllte sie ein wie ein Mantel. Hastig steckte sie es wieder hoch. Dann hielt sie einen Augenblick inne, und ein paar Tränen perlten auf den abgetretenen roten Teppich.

Rasch die alte braune Jacke angezogen, den alten braunen Hut aufgesetzt – und mit fliegenden Röcken und immer noch strahlenden Augen schoss sie durch die Tür und die Treppe hinunter auf die Straße.

Vor einem Schild blieb sie stehen. »Mme. Sofronia. Haare aller Art.« Della hastete eine Treppe hoch und blieb kurz stehen, um wieder zu Atem zu kommen. Madame, massig, zu blass, frostig, sah nicht so aus, wie man sich eine Heilige Sofronia vorstellt.

»Würden Sie mein Haar kaufen?«, fragte Della.

»Ich kaufe Haar«, sagte Madame. »Setzen Sie den Hut ab, damit ich es sehen kann.«

Der goldbraune Wasserfall rieselte herab.

»Zwanzig Dollar«, sagte Madame, die Masse mit geübter Hand wiegend.

»Her damit, schnell«, sagte Della.

Die nächsten beiden Stunden flogen – man verzeihe die abgedroschene Metapher – auf rosigen Schwingen vorüber. Della durchstöberte sämtliche Geschäfte nach einem Geschenk für Jim.

Endlich fand sie es. Es war eindeutig für Jim gemacht und für niemanden sonst. In keinem der anderen Geschäfte hatte sie etwas Vergleichbares entdeckt, und sie hatte überall das Unterste zuoberst gekehrt. Es war eine Uhrkette aus Platin, die – schlicht und dezent gestaltet – nicht durch irgendwelchen abgeschmackten Schnickschnack, sondern aus sich selbst heraus wirkte, wie es bei allen guten Dingen der Fall sein sollte. Diese Kette war es sogar wert, die Uhr zu tragen. Sobald Della sie sah, wusste sie, dass Jim sie haben musste. Sie war wie er – vornehm und wertvoll. Einundzwanzig Dollar bezahlte Della dafür und eilte mit ihren achtundsiebzig Cent nach Hause. Mit dieser Kette an der Uhr konnte Jim guten Gewissens in jeder Gesellschaft nach der Zeit sehen. So vornehm seine Uhr war, warf er doch manchmal nur heimlich einen Blick darauf, weil sie bloß an einem alten Lederband und nicht an einer Kette hing.

Als Della heimkam, meldeten sich bei allem Überschwang auch wieder Umsicht und Vernunft. Sie holte die Brennschere, entzündete die Gasflamme und machte sich daran, die Verheerungen zu beheben, die Liebe und Freigebigkeit anrichten können – und das ist immer eine gewaltige Aufgabe, liebe Freunde, eine Mammutaufgabe.

Vierzig Minuten später war ihr Kopf voll kleiner Krissellocken, mit denen sie aussah wie ein frecher kleiner Bub, der die Schule schwänzt. Lange betrachtete sie kritisch ihr Spiegelbild.

»Wenn Jim mich nicht umbringt«, sagte sie sich, »ehe er mir einen zweiten Blick gönnt, wird er sagen, dass ich aussehe wie ein Revuegirl aus Coney Island. Aber was, um Himmels willen, hätte ich denn machen sollen – mit einem Dollar und achtundsiebzig Cent?«

Um sieben war der Kaffee fertig, und die heiße Pfanne für die Koteletts stand hinten auf dem Herd bereit.

Jim verspätete sich nie. Della nahm die Uhrkette in die Hand und setzte sich auf die Ecke des Tisches an der Tür, durch die er kommen würde. Dann hörte sie seine Schritte im ersten Stock und wurde einen

Augenblick ganz blass. Sie pflegte auch bei ganz simplen Alltagssorgen ein kurzes Stoßgebet zu sprechen, und jetzt flüsterte sie vor sich hin: »Bitte, lieber Gott, mach, dass er mich immer noch hübsch findet.«

Die Tür ging auf, und Jim kam herein und schloss sie wieder. Er war hager und sehr ernst. Der Ärmste – erst zweiundzwanzig und schon mit einer Familie beladen. Er hätte einen neuen Mantel gebraucht und besaß keine Handschuhe.

Jim blieb an der Tür stehen, reglos wie ein Jagdhund, der eine Wachtel wittert, den Blick mit einem Ausdruck auf Della gerichtet, den sie nicht deuten konnte und der ihr Angst machte. Es war nicht Zorn, nicht Überraschung, nicht Missbilligung, nicht Entsetzen – keine der Gemütsbewegungen, mit denen sie gerechnet hatte. Er sah sie nur unentwegt an – mit diesem Ausdruck, auf den sie sich keinen Reim machen konnte.

Della rutschte vom Tisch herunter und ging auf ihn zu.

»Jim, Liebster, schau mich nicht so an. Ich hab mir die Haare abschneiden lassen und verkauft, weil ich Weihnachten ohne ein Geschenk für dich nicht überlebt hätte. Es wächst ja wieder – du bist doch nicht böse? Ich musste es einfach tun. Mein Haar wächst furchtbar schnell. Sag ›Fröhliche Weihnachten‹, Jim, und lass uns glücklich sein. Du weißt ja nicht, was für ein schönes – was für ein wunderschönes Geschenk ich für dich habe.«

»Du hast dir die Haare abgeschnitten?«, fragte Jim mühsam, als hätte er trotz äußerster geistiger Anstrengung diese offensichtliche Tatsache noch nicht erfasst.

»Abgeschnitten und verkauft«, sagte Della. »Magst du mich nicht auch so? Ich bin ja noch dieselbe – nur ohne Haar ...«

Jim sah sich ratlos um.

»Dein Haar ist weg?«, fragte er fast stumpfsinnig.

»Du brauchst es nicht zu suchen«, sagte Della. »Verkauft, sag ich dir – verkauft und fort. Heute ist Heiligabend, Schatz. Sei lieb zu mir, denn es ist deinetwegen fort. Vielleicht waren die Haare auf meinem Kopf gezählt«, setzte sie mit zärtlichem Ernst hinzu, »aber meine Liebe zu dir kann niemand zählen. Soll ich jetzt die Koteletts in die Pfanne legen, Jim?«

Jim schien mit einem Schlag aus seiner Trance zu erwachen. Er nahm seine Della in die Arme. Wir wollen zehn Sekunden lang diskret einen belanglosen Gegenstand in entgegengesetzter Richtung betrachten. Acht Dollar in der Woche oder eine Million im Jahr – wo ist der Unterschied? Weder ein Mathematiker noch ein geistreicher Kopf könnten uns die richtige Antwort geben. Die drei Weisen aus dem Morgenland brachten kostbare Gaben, aber die schönste war nicht darunter. Diese dunkle Bemerkung wird sich später aufklären.

Jim holte ein Päckchen aus der Manteltasche und warf es auf den Tisch.

»Eins ist sicher«, sagte er. »Ob kupiert, rasiert oder schamponiert – deswegen habe ich meine Dell keinen Deut weniger lieb. Aber wenn du das Päckchen da aufmachst, verstehst du vielleicht, warum du mich zuerst auf dem falschen Fuß erwischt hast.«

Geschickte weiße Finger zerrten an Schnur und Papier. Ein ekstatischer Freudenschrei, gefolgt von – typisch weiblich – einem Tränenstrom und Jammerlauten, was den Herrn des Hauses dazu nötigte, augenblicklich und mit all seiner Kraft Trost zu spenden.

Denn da lagen die herrlichen Steckkämme, die Della schon so lange in einem Schaufenster auf dem Broadway bewundert hatte. Sagenhaft schön waren sie, reines Schildpatt, mit Schmucksteinchen besetzt, genau der richtige Farbton für das verschwundene Haar. Sie wusste, dass es teure Stücke waren, und sie hatte sich nach ihnen verzehrt ohne die leiseste Hoffnung, sie jemals zu besitzen. Und jetzt gehörten sie ihr, aber die Flechten, die diese ersehnten Kämme hatten schmücken sollen, waren nicht mehr da.

Dennoch drückte Della sie an ihr Herz, und

schließlich konnte sie mit verschleiertem Blick zu ihm aufsehen und lächelnd sagen: »Mein Haar wächst so schnell, Jim!«

Und dann sprang sie unvermittelt auf wie ein Kätzchen, das sich verbrannt hat, und stieß hervor: »Oh, oh!«

Jim hatte ja sein schönes Geschenk noch gar nicht gesehen. Sie streckte es ihm eifrig auf der flachen Hand hin. Das matt glänzende Edelmetall schien ihre strahlende Freude widerzuspiegeln.

»Ist sie nicht prachtvoll, Jim? Ich bin in der ganzen Stadt herumgelaufen, um sie zu finden. Jetzt musst du hundertmal am Tag nachsehen, wie spät es ist. Gib mir deine Uhr, ich will sehen, wie sie sich daran macht.«

Statt ihr zu folgen, ließ sich Jim auf die Couch sinken, legte die Hände hinter den Kopf und lächelte.

»Dell«, sagte er. »Wir wollen unsere Weihnachtsgeschenke erst einmal wegpacken und gut verwahren. Sie sind zu schön, um sie jetzt schon zu benutzen. Ich habe die Uhr verkauft, um deine Kämme kaufen zu können. Und jetzt schlage ich vor, dass du dich um die Koteletts kümmerst.«

Die Weisen aus dem Morgenland, die dem Kind in der Krippe ihre Gaben brachten, waren, wie der Name schon sagt, klug und weise. Sie sind die Erfinder der Weihnachtsgeschenke. Da sie so klug und weise waren, schenkten sie zweifellos auch klug. Möglicherweise war sogar das Recht auf Umtausch eingeschlossen, falls ein Geschenk zweimal vorhanden war. Und da habe ich Ihnen nun ein harmloses Geschichtchen von zwei närrischen jungen Leuten in einer Mietwohnung erzählt, die, gar nicht weise, einander ihre größten Schätze opferten. Zum Schluss sei den Weisen unserer Tage aber gesagt, dass von allen, die schenken, diese beiden am weisesten waren. Von allen, die schenken und beschenkt werden, sind ihresgleichen am weisesten. Das gilt für immer und überall. Sie sind die wahren Könige.

Karl Valentin

Das Weihnachtsgeschenk

Herr Kurz: Ja, guten Tag, Herr Lang! – Auch Einkäufe machen in der Stadt herin?

Herr Lang: Nein, Herr Kurz, nicht kaufen, sondern umtauschen will ich etwas.

Herr Kurz: So so, umtauschen? – Was denn?

Herr Lang: Meine Frau hat mir zum zerflossenen Weihnachten einen Dings gekauft – einen – no, wie sagt man denn gleich, einen – mein Gott, bin ich vergesslich! – Was hab' ich jetzt grad g'sagt?

Herr Kurz: Dass Sie so vergesslich sind.

Herr Lang: Ja, ja, stimmt, das hab' ich schon wieder vergessen! – Ja, meine Frau hat mir zum vergossenen – verschlossenen – ah, verflossenen Christkind ein schönes Präsident gemacht.

Herr Kurz: Präsent meinen Sie!

Herr Lang: Ja, ja! – Einen wunderschönen – no, wie heißt man denn dös gleich, was ich bekommen hab!

Herr Kurz: Einen Regenschirm?

Herr Lang: Ach Regenschirm – am Weihnachtstag hat es doch voriges Jahr nicht geregnet! – Nein, so einen Dings hat mir meine Frau gekauft, so einen –

Herr Kurz: Strohhut?

Herr Lang: Geh – auf Weihnachten! – Was war denn nur das, was mir meine Frau gekauft hat!?

Herr Kurz: Ein Kind?

Herr Lang: Geh, Herr Kurz – a Kind braucht mir doch meine Frau nicht kaufen, dös können wir uns doch selber, machen's doch keine so dummen Witz – a Kind könnt i doch auch net umtauschen.

Herr Kurz: Was wollen's denn eigentlich umtauschen?

Lang: Wenn's mir net einfallt, wie's heißt. Und wenn ich's wüsste, könnt' ich's auch net umtauschen.

Kurz: Warum nicht?

Lang: Weil ich's zu Hause liegen lassen hab.

Kurz: Was haben's zu Haus liegen lassen?

Lang: Eben das, was ich momentan nicht nennen kann! – Mir liegt's auf der Zunge – man braucht so Platten dazu.

Kurz: Ach – ein Grammophon!

Lang: Ach, a Grammophon ist ja ein Musikinstrument und ist doch nicht alltäglich; das, was ich von meiner Frau kriegt hab, ist ja alltäglich und fast viereckig.

Kurz: Viereckig? – A Packl Kunsthonig?

Lang: Geh, reden's doch keinen Mist – hat denn a Kunsthonig drei Füß'?

Kurz: Was, drei Füß hat er? – *Zwei* wird er halt hab'n!

Lang: Mit zwei fällt er doch um.

Kurz: Ja, Sie fallen doch auch net um und hab'n bloß zwei Füß.

Lang: Ja, i – i bin ja a koa Fotografenapparat – Fotografenapparat – jetzt is mir's eing'fallen! – An Fotoapparat hab i zum Christkindl kriegt. – Ja Herr Kurz, denken Sie sich, einen Fotoapparat hat mir meine Frau zum Weihnachtsfest g'schenkt.

Kurz: Und hab'n Sie schon fleißig fotografiert?

Lang: Fleißig schon – aber ich bring nichts fertig. Fotografieren ist furchtbar schwer, fotografiert werden ist sehr leicht. 100 Mal hab' ich mich selbst schon fotografieren wollen!

Kurz: Sie sich selbst? Ja, wie machen Sie denn das?

Lang: Sehr einfach! Ich stell mich vor unsern Spiegelschrank – aber immer kommt der Apparat mit aufs Bild – da hab ich mich schon was geärgert! Seit Weihnachten apparate ich – fotografiere ich mit dem Apparat – kein Bild ist mir noch gelungen!

Kurz: Das ist gelungen!

Lang: Nein, ist mir noch nicht gelungen! Ich glaub,

das liegt an der Witterung. Herr Kurz, vor kurzem hab ich eine schöne Naturaufnahme gemacht: die Mittagssonne. Ich habe 10 Sekunden belichtet, und gar nix war auf der Platte drauf, nicht einmal der Mond.

Kurz: Sie müssten Landschaften fotografieren!

Lang: Hab ich auch schon probiert. Bin ich eigens bis nach da und da hin gefahren und hab einen waagrecht daliegenden See fotografiert – nix war's! Hab ich bei der Aufnahme vergessen, dass ich den kleinen runden Deckel von dem Obelisk – nicht Obelisk – ah, no wie heißt denn das kleine runde Vergrößerungsglas vorn – Erbse – Linse –, nein, mit O geht's an! …

Kurz: Oktoberfest …

Lang: Schmarrn! Am Fotoapparat kann doch net vorn ein Oktoberfest sein!

Kurz: Ah – das Objekhoch –

Lang: Nein – Objek*tiv* heißt's! –

Kurz: Haben Sie eigentlich eine Dunkelkammer auch?

Lang: Selbstverständlich! Unsere Toilette hab ich als Dunkelkammer eingerichtet. Da stinkt's oft drin von diesen Chemikalien, Entwickler etc. etc. – Eine rote Laterne hab ich auch drin; eing'richt' bin ich wie eine Hebamme.

Kurz: Wie wär's, Herr Lang, wenn Sie amal ein

schönes Familienbild machen würden? Ich, meine Frau und mein Kind?

LANG: Um Gottes willen! Nein! Nie mehr! Hab ich schon mal gemacht – die Familie Wubbeppler in unserem Haus – die ganze Familie – neun Personen und 's Dienstmädchen – alle haben's ihr Sonntagsgwand anzog'n. Im Hof drunt hab ich alle in acht verschiedenen Stellungen fotografiert, sitzend, stehend, von der Seiten usw. Ich hab 's Platten wechseln vergessen – alle acht Aufnahmen auf einer Platte! – Ich hab einen Abzug davon g'macht, es war schrecklich! Der Vater hängt in der Mutter drin – der Sohn sitzt dem Wickelkind im G'sicht drinna – die Großmutter hat den Kopf vom Dienstmädl auf – d'Füaß vom Dienstmädchen hat der älteste Sohn auf'm Arm lieg'n – die kleine Else hat drei Nasen im Gesicht, und der Großvater hat Kindsfüaß!!! –

Urs Widmer

Meine Lieblingsweihnachtsgeschichte

Meine Lieblingsweihnachtsgeschichte ist diese: Mein etwa drei Jahre älterer Onkel Emil (*1901) wurde von Mama und Papa ins Weihnachtszimmer geführt, und da leuchtete der Weihnachtsbaum im prächtigen Schein seiner prächtigen Kerzen, und hinter dem Weihnachtsbaum, tatsächlich, saß das Christkind, höchstpersönlich und in einem weißen Nachthemd. Es hatte blonde Locken und Flügel. Es war wunderschön anzuschauen, unirdisch und strahlend. »Das Christkind, schau!«, hauchte die Mama meines Onkels ergriffen. Mein Onkel Emil sagte: »Aber das ist doch das Fräulein Hürlimann!«, und als die Mama sagte, neinnein, das sei das Christkind höchstpersönlich, wandte er sich an das Christkind höchstpersönlich und sagte: »Aber du bist doch das Fräulein Hürlimann!« Das Christkind starrte meinen Onkel an, sagte »Jo Schisse!« und flog durchs Fenster davon. – Mein Onkel Emil erzählte mir die Geschichte, als ich drei Jahre alt war. Er dachte, ich sei reif dafür.

Hans Zippert

Der Rauswurf

Das neue Jahr war noch keine 72 Stunden alt, da verlor ich die Nerven und warf ihn raus. Ich packte ihn ziemlich weit oben mit festem Griff, öffnete die Balkontür, und weil er sich verständlicherweise sträubte, beförderte ich ihn mit einem Fußtritt durch die Tür bis in den Garten, wo er reglos liegen blieb und heute noch liegt. Er macht keinen guten Eindruck, die Nachbarn gucken misstrauisch, und Passanten zeigen mit Fingern auf den starren Körper. Aber ich kann ihn da jetzt nicht wegschaffen und an die Straße schleifen, die Müllabfuhr holt bei uns erst in zwei Wochen die toten Weihnachtsbäume ab.

Viele Jahre führte ich ein zufriedenes, baumloses Leben. Meine Mutter und ich hatten einige Weihnachten lang die elektrische Lichterkette einfach auf den Boden gelegt und uns den Baum dazu gedacht. Kam billiger und sah nach einer Kunstinstallation aus. Die Lichterkette auf dem Boden war mein Protest gegen die ganze Konsumscheiße. Ich ließ mir die

Haare lang wachsen und den Weihnachtsbaum weg. Irgendwann verzichteten wir sogar auf die Lichterkette, ich nahm nur noch den Umschlag mit dem Geld entgegen und überreichte meiner Mutter den obligatorischen Kriminalroman.

Weihnachten war eigentlich aus meinem Leben verschwunden, da wurde ich Vater eines Sohnes. Ich wusste nicht viel vom Vatersein, aber ich begriff: Das Kind braucht einen Baum. Das fühlte ich instinktiv. So wie bei der Mutter die Milch einschießt, erwacht im Vater der Baumkauftrieb. Das Kind war an seinem ersten Weihnachten sieben Monate alt und konnte kein Wort sprechen. Ich trug es auf den Armen und zeigte ihm den Baum, der auf einem Stuhl im Laufstall des Sohnes stand.

Zu Recht beklagt man heutzutage das Fehlen von Werten, Normen und Ritualen. Schon im Kindergarten erfahren die Kleinen, dass die Eltern die Geschenke bringen und dass es keinen Weihnachtsmann gibt.

Ich aber glaube bis heute noch an das Christkind. Es muss einfach eine höhere, gewaltige Macht geben, die mich Jahr für Jahr in den Bescherungs- und Baumbeschaffungswahnsinn treibt. Mein Sohn ist inzwischen 22, ich habe also 23 Bäume beschafft. Einmal wartete ich zu lange, die Forstämter hatten geschlossen, die dänischen Weihnachtsbaumlager waren ausgeräumt, und ich fuhr schweißgebadet mit meiner Tochter durch den Taunus, auf der Jagd nach dem letzten Baum. Wir zogen schließlich einen aus dem Graben neben dem Oberurseler Forsthaus. Es war das klassische hässliche Bäumchen, das keiner haben will und dann zu Weihnachten seinen großen Auftritt hat.

Kein Mensch kann richtiges Weihnachten ohne Baum feiern. Ein Baum mit echten Kerzen, roten Kugeln, Strohsternen und ein paar Vögeln vom Waldorfschuladventsbasar in den Zweigen. Lametta nehmen nur Totalversager, damit kann man jeden Baummakel kaschieren. Lametta ist nichts anderes als Weihnachtsbaumverbandszeug.

Spätestens Ende November steigt jedes Jahr mein Adrenalinspiegel, und fixe Ideen ergreifen von mir Besitz. Werde ich den richtigen Baum finden? Wann ist der beste Zeitpunkt, wo soll man zuschlagen? Fichte, Kiefer, Douglasie? In den letzten Jahren gab es bei uns nur noch Nordmanntanne. Der Baum sieht tipptopp aus, doch der Name erweckt ungute Assoziationen. So muss jede Integration scheitern. Welcher Moslem kauft schon eine Nordmanntanne? Aber wäre Muselmanntanne die Alternative?

Rund um unser Forsthaus hatte man einen richtigen Baumschlagvergnügungspark aufgebaut. Mit Buden und Tischen und Bänken und Baumberatern.

Dutzende von übermütigen Menschen kamen uns entgegen, sie trugen stolz ihre in einem weißen Netz verschnürte Trophäe nach Hause.

Warum sind wir so spät losgefahren? Die Tochter umklammert trotzig die Säge, aber man weist uns ab: Selbsteinschlag zu gefährlich, in der Schonung herrscht Glatteis. Also wühlten wir uns durch Haufen von unansehnlichen, vorgeschlagenen, also »precutted« Bäumen. Alle zu klein, zu groß, zu ausladend oder oben zu mickrig. Nach langem Suchen fanden wir dann doch den Baum, der auf uns gewartet hatte, und wie jedes Jahr stellte sich die Frage: »Riecht der?«

»Die riechen alle«, sagte der Forstamtsmann und erklärte uns, dass er und seine Kollegen zwölf Jahre an dem Baum gearbeitet hätten – dafür wären 50 Euro kein zu hoher Preis. Dreißig Kerzen passten drauf, wie immer der beste Baum, den wir je hatten. Insgesamt hat er zwölfmal gebrannt, also 360 Kerzen verbraucht und fünfzehn Liter Wasser. Es gab fünfmal heftigen Streit, 32 Kilo Geschenke und 120 000 überflüssige Kalorien. Am Morgen des 3. Januars stand ich lange vor dem Baum, hörte, wie seine Nadeln rieselten, und wusste: Einer von uns beiden muss verschwinden. Ich riss ihm seine militärischen Rang- und Ehrenabzeichen runter. Ich gab ihm nicht die Kugel, sondern nahm sie ihm weg und verpackte sie sorgfältig für seinen Nachfolger, und dann verpasste ich ihm den finalen Fußtritt. Ich hatte die Nase voll von ihm, obwohl er nach nichts roch. Der Baum hatte mich lange genug gegängelt und unter Druck gesetzt. Eigentlich war es Notwehr.

Tomi Ungerer

Die allerschlechteste und hinterletzte Weihnachtsgeschichte

Nikolaus saß in der Klemme. Überbevölkerung, Überzüchtung, die zunehmende Beliebtheit von Weihnachten und die Unersättlichkeit der Konsumgesellschaft übten einen gewaltigen Druck auf die Spielzeugindustrie aus.

Um die Nachfrage zu stillen, musste die Produktion erhöht werden. Die Zwerge schufteten Tag und Nacht, sogar Engel im Ruhestand wurden wieder zur Zwangsarbeit verpflichtet. Natürliche Ressourcen wurden leergepumpt. Die Rentiere alterten und waren zu schwach, um sich zu reproduzieren. Und dann die Arbeiterunruhen. Eine Junta von roten Zwergen begann, in allen Betriebszweigen der Weihnachtsindustrie Streiks zu organisieren.

Nikolaus schlief immer weniger, magerte ab, bekam Geschwüre, juckende Ausschläge und Stinkfüße. »Ich werde meinen guten Ruf und das Vertrauen der Leute verlieren, wenn ich die Deadline nicht einhalte«, jammerte er.

Doch dann, eines späten Abends nach einigen Flaschen Château Noël Premier Cru, hatte seine Frau Olga die zündende Idee.

Tags darauf versammelte er Unruhestifter, Gewerkschafter und Streikende, um seinen Plan vorzustellen. »Kameraden und Mitarbeiter, wir haben ein Problem – und wir sitzen alle zusammen in der Tinte. Was ist die Wurzel allen Übels? Die Überbevölkerung auf der Erde. Mehr Menschen heißt mehr Nachfrage. Ich schlage Folgendes vor: Wir machen einen letzten Versuch, unseren Ruf zu retten. Wir verwandeln unsere Industrie in ein Waffenherstellungskombinat – als Weihnachtsgeschenke gibt's dieses Jahr Waffen mit scharfer Munition, Landminen, leuchtend bunte Handgranaten, Spielzeuge mit versteckter Sprengladung, virusinfizierte Barbiepuppen, vergiftete Pullis und ähnliche Dinge. Die Gebrauchsrisiken solcher Geräte werden die weltweit steigenden Geburtenraten zweifelsohne senken.«

Die Versammlung applaudierte gedämpft, und man stimmte zu. In den folgenden Wochen wurde Nikolaus' Nordpol zu einem betriebsamen Bienenstock. Man kehrte zurück zur Schwerindustrie. Die neuen Betriebe spuckten Rauch, Ruß und Schlacke und bedeckten den nördlichen Subkontinent mit einer schwarzen Ascheschicht. Die Produktion lief heiß, Stimmung und Produktionszahlen waren im Aufschwung.

Der Dezember kam, die Deadline wurde eingehalten, und das Weihnachtsfest wurde zum riesigen Massaker. Das Ergebnis von Nikolaus' List übertraf alle Erwartungen: Die gesamte Weltbevölkerung war ausgelöscht.

Nikolaus und seine Helfer feierten ausgelassen, dann verreisten sie alle in den wohlverdienten Urlaub auf warme, tropische Wolken.

Doch der glückliche Zustand war nicht von Dauer. Als Myriaden von Menschenseelen in der Hölle und im Paradies angelangten, geriet die Situation außer Kontrolle.

Es gab nicht genügend Platz zur Abfertigung derartiger Massen. Die Kessel der Hölle liefen über, später kam Treibstoffmangel dazu. Im Himmel gingen dem Generalobervorsteher St. Peter die Hemden aus, und Millionen unschuldiger Seelen mussten in einem Zustand unsittlicher Nacktheit Schlange stehen. Die Paradiestore wurden verriegelt und verrammelt. Der Katastrophenzustand wurde ausgerufen und Gott um Rat gefragt. Sein Zorn (eine Todsünde) brach explosionsartig aus: »Alle tot!«, tobte er. »Das ist Frevel, das Ende der Welt ohne meinen Segen! Das ist ein Verbrechen, Majestätsbeleidigung! Ein Skandal, ja ein Skandal! Totales Chaos.«

Die Reiter der Apokalypse veranstalteten wutentbrannt eine Demonstration und protestierten dagegen, dass man sie nicht rechtzeitig gerufen hatte. Gott und Satan vereinbarten sogleich, sich zusammenzusetzen, und gründeten eine Untersuchungskommission.

Unregistrierte herumschweifende Seelen wurden für den Fall einer möglichen Massenwiederauferstehung eingefroren. Nikolaus war schnell als Verantwortlicher für das Gemetzel ausgemacht. Er wurde vor Gericht gezerrt und bekam ein angemessenes Verfahren. Man konfiszierte seine Uniform und verurteilte ihn dazu, als Kaminfeger ewig auf Erden zu leben. Des Weiteren wurde ein Gesetz verabschiedet, das besagte, dass Weihnachten in Zukunft ein ausschließlich religiöses Fest für christliche Gläubige sei. Strümpfe, Weihnachtsbäume inklusive Schmuck wurden verbannt. Die Rentiere ließ man in einem eigens dafür angelegten Park frei. Zwerge, Elfen, Trolle und Gnome erhielten eine Entschädigung für ihre unzähligen Jahre harter Arbeit: Sie durften ihren eigenen unabhängigen Staat gründen (der bald vom Bürgerkrieg heimgesucht wurde).

Die Seelen wurden in diversen Kategorien wiedergeboren und ohne Verzug zurück auf die Erde geschickt.

Bei ihrer Rückkehr befand sich der Planet Erde

in einem jämmerlichen Zustand. Das Chaos war total, Gottes Wutanfall war im wahrsten Sinne des Wortes seismisch gewesen und hatte eine Kette vulkanischer Eruptionen sowie verwüstende Erdbeben ausgelöst. San Francisco war plattgewalzt, Tokio ausgelöscht, viele Dämme gebrochen. Herumtreibende Öltanker waren gestrandet, die Industrie ohne Öl und Strom zusammengebrochen. Millionen Leichen mussten entsorgt werden, Ratten und Geier mussten Überstunden schieben. Nutztiere waren verhungert, das Elend ließ die Menschen zusammenrücken, aber löste auch blutige Unruhen aus. Viele randalierten, um zu überleben. Es gab viel zu tun, um alles wiederaufzubauen.

Niemand hatte Zeit für irgendeine Art von Feier, am wenigsten für Weihnachten, das nun einen schlechten Ruf hatte. Der Begriff Weihnachten geriet in Vergessenheit und überlebte nur in alten Wörterbüchern.

Nachweis

Thommie Bayer (*22. April 1953, Esslingen am Neckar)
Weihnachtsmisanthropie. Aus: *Bloß keinen Grießbrei an Heiligabend*. Herausgegeben von Feridun Zaimoglu. Ullstein Buchverlage, Berlin, 2010. Copyright © by Thommie Bayer

Raymond Carver (25. Mai 1938, Clatskanie/Oregon – 2. August 1988, Port Angeles/Washington)
Ein ernstes Gespräch. Aus dem Amerikanischen von Helmut Frielinghaus. Aus: Raymond Carver, *Wovon wir reden, wenn wir von Liebe reden*. Berlin Verlag, Berlin, 2000. *A serious Talk*. Copyright © Tess Gallagher, 1993, used by permission of The Wylie Agency (UK) Limited

John Cheever (27. Mai 1912, Quincy/Massachusetts – 18. Juni 1982, Ossinning/NY)
Die Guten und die Bösen. Aus dem Amerikanischen von Thomas Gunkel. Auszug aus: John Cheever, *Der Wapshot-Skandal*. Copyright © 2008 für die deutsche Ausgabe by DuMont Buchverlag, Köln. Die Originalausgabe erschien 1964 unter dem Titel *The Wapshot Scandal* bei Harper & Row Publishers. Copyright © 1953, 1961, 1962, 1963, 1964 by John Cheever

Doris Dörrie (*26. Mai 1955, Hannover)
Eine polnische Weihnachtsgans. Copyright © 2005 by Diogenes Verlag, Zürich. Abdruck mit freundlicher Genehmigung der Autorin

F. Scott Fitzgerald (24. September 1896, St. Paul/Minnesota – 21. Dezember 1940, Hollywood)
Ein glückloser Weihnachtsmann. Aus dem Amerikanischen von Manfred Allié. Deutsche Erstveröffentlichung. Copyright © 2012 by Diogenes Verlag, Zürich

Salomo Friedlaender (4. Mai 1871, Gollantsch – 9. September 1946, Paris)
Das Weihnachtsfest des alten Schauspielers Nesselgrün. Aus: Salomo Friedlaender, *Gesammelte Schriften. Grotesken (Teil 1)*. Herausgegeben von Hartmut Geerken & Detlef Thiel. Waitawhile book. Copyright © 2008 by Hartmut Geerken, Herrsching

Daniel Glattauer (*19. Mai 1960, Wien)
Typologie der Christbaumkäufer. Aus: Daniel Glattauer, *Der Karpfenstreit*. Copyright © 2010 by Sanssouci im Carl Hanser Verlag, München

Frank Goosen (*31. Mai 1966, Bochum)
Juskowiaks Fernseher. Aus: *Bloß keinen Grießbrei an Heiligabend*. Herausgegeben von Feridun Zaimoglu. Ullstein Buchverlage, 2010, Berlin. Copyright © by Frank Goosen

Axel Hacke (*20. Januar 1956, Braunschweig)
Schnoderer. Aus: Axel Hacke, *Alle Jahre schon wieder*. Copyright © 2009 by Verlag Antje Kunstmann GmbH, München

Jakob Hein (*1971, Leipzig)
Fest der Onkels und Dilettanten. Copyright © by Jakob Hein. Abdruck mit freundlicher Genehmigung des Autors

Heinrich Heine (13. Dezember 1797, Düsseldorf – 17. Februar 1856, Paris)
Die Heil'gen Drei Könige. Aus: Heinrich Heine, *Werke*,

Band 1. Herausgegeben von Christoph Siegrist. Insel Verlag, Frankfurt am Main, 1968

O. Henry (11. September 1862, Greensboro/North Carolina – 5. Juni 1910, New York)
Das Geschenk der Weisen. Aus dem Englischen von Renate Orth-Guttmann. Copyright © 2010 by Diogenes Verlag, Zürich, für die deutsche Übersetzung

Fritz von Herzmanovsky-Orlando (30. April 1877, Wien – 27. Mai 1954, bei Meran)
Onkel Tonis verpatzter Heiliger Abend. Aus: Fritz von Herzmanovsky-Orlando, *Prosa. Erzählungen und Skizzen*. Herausgegeben von Klaralinda Ma-Kircher. Copyright © 2008 by Residenz Verlag im Niederösterreichischen Pressehaus Druck- u. Verlagsgesellschaft GmbH, St. Pölten – Salzburg – Wien

Erich Kästner (23. Februar 1899, Dresden – 29. Juli 1974, München)
Ein Kind hat Kummer. Aus: Erich Kästner, *Das Schwein beim Frisör*. Copyright © 1962 by Atrium Verlag, Zürich, und Thomas Kästner

Daniel Kehlmann (*13. Januar 1975, München)
Die Legende von Basilius. Aus: *Schräge Weihnachten*. Artemis & Winkler Verlag, Düsseldorf & Zürich 2000. Copyright © Daniel Kehlmann. Abdruck mit freundlicher Genehmigung des Autors

Klabund (4. November 1890, Crossen an der Oder – 14. August 1928, Davos)
Weihnacht. Aus: Klabund, *Das heiße Herz*. Berlin, 1922

Ulrich Knellwolf (* 17. August 1942, Niederbipp)
Niederdorfweihnacht. Aus: Ulrich Knellwolf, *Der liebe Gott geht auf Reisen*. Copyright © 2004 by Nagel & Kimche im Carl Hanser Verlag, München – Wien

Georg Kreisler (18. Juli 1922, Wien – 22. November 2011, Salzburg)
Weihnachten bringt alles durcheinander. Copyright © 2000 by Georg Kreisler. Abdruck mit freundlicher Genehmigung von Barbara Kreisler

Lorrie Moore (*13. Januar 1957, Glens Falls, NY)
Amahl und die nächtlichen Besucher. Aus dem Amerikanischen von Brigitte Jakobeit. Aus: Lorrie Moore, *Leben ist Glückssache.* Rowohlt Verlag, Reinbek bei Hamburg, 1991/Bloomsbury Verlag, 2008. Copyright © 1985 by Lorrie Moore. Abdruck mit Genehmigung der Liepman AG, Zürich. Copyright für die deutsche Übersetzung © 1991 by Rowohlt Taschenbuch Verlag, Reinbek bei Hamburg

Christine Nöstlinger (*13. Oktober 1936, Wien)
Ans Christkind. Aus: Christine Nöstlinger, *Fröhliche Weihnachten, liebes Christkind!* Copyright © 2013 by S. Fischer Verlag GmbH, Frankfurt am Main. Erstmals erschienen im Dachs Verlag, 1997

Gerhard Polt (*7. Mai 1942, München)
Der Rauschgoldengel. Aus: Gerhard Polt, *Im Schatten der Gans.* Copyright © 2003 by Kein & Aber AG, Zürich – Berlin

Joachim Ringelnatz (7. August 1883, Wurzen – 17. November 1934, Berlin)
Weihnacht zur See. Aus: Joachim Ringelnatz, *Weihnachten mit Ringelnatz.* Diogenes Verlag, Zürich, 2009

Hansjörg Schneider (*27. März 1938, Aarau)
Ein Stern über Whitechapel. Aus: Hansjörg Schneider, *Im Café und auf der Straße.* Ammann Verlag, Zürich 2002. Copyright © 2002 by Hansjörg Schneider. Abdruck mit freundlicher Genehmigung des Autors

Martin Suter (*29. Februar 1948, Zürich)
Eine Führungskrise. Aus: Martin Suter, *Huber spannt aus*. Copyright © 2005 by Diogenes Verlag, Zürich

Ludwig Thoma (21. Januar 1867, Oberammergau – 26. August 1921, Tegernsee)
Eine Weihnachtsgeschichte. Aus: Ludwig Thoma, *Gesammelte Werke in sechs Bänden*. Piper Verlag, München, 1968

Roland Topor (7. Januar 1938, Paris – 16. April 1997, ebenda)
Fest- und Feiertage. Aus dem Französischen von Ursula Vogel. Aus: Roland Topor, *Tragikomödien*. Copyright © 2008 by Diogenes Verlag, Zürich

Kurt Tucholsky (9. Januar 1890, Berlin – 21. Dezember 1935, Göteborg)
Gefühle nach dem Kalender. Aus: Kurt Tucholsky, *Gesammelte Werke in 10 Bänden*. Rowohlt Verlag, Reinbek bei Hamburg

Tomi Ungerer (*1931, Straßburg)
Die allerschlechteste und hinterletzte Weihnachtsgeschichte. Aus: Tomi Ungerer, *Achtung Weihnachten!* Copyright © 2010 by Diogenes Verlag, Zürich

Peter Ustinov (16. April 1921, London – 28. März 2004, Genolier)
Über das Leben und andere Kleinigkeiten. Auszug aus: Peter Ustinov, *Über das Leben und andere Kleinigkeiten*. Copyright © 2004 by Ullstein Buchverlage GmbH, Berlin

Karl Valentin (4. Juni 1882, München – 9. Februar 1948, Planegg bei München)
Das Weihnachtsgeschenk. Aus: Karl Valentin, *Buchbinder Wanninger*. Copyright © 1996 by Piper Verlag, München

Urs Widmer (*21. Mai 1938, Basel)
Meine Lieblingsweihnachtsgeschichte. Aus: *Mit Geschichten durchs Jahr*. Diogenes Verlag, Zürich 2010. Abdruck mit freundlicher Genehmigung des Autors

Hans Zippert (*16. März 1957, Bielefeld)
Der Rauswurf. Aus: *Lasst uns roh und garstig sein*, herausgegeben von Dietmar Bittrich, Rowohlt Verlag, Reinbek bei Hamburg. Copyright © 2011 by Hans Zippert. Abdruck mit freundlicher Genehmigung des Autors

Bitte beachten Sie
auch die folgenden Seiten

Bücher zur Weihnacht im Diogenes Verlag

»Dann und wann empfand er das Bedürfnis, tief aufzuatmen, denn jetzt, da der Gesang, dieser glockenreine A-cappella-Gesang die Luft erfüllte, zog sein Herz sich in einem fast schmerzhaften Glück zusammen. Weihnachten...«
Thomas Mann, Weihnacht bei den Buddenbrooks

Alle Jahre wieder
Romantische Weihnachtsgeschichten. Herausgegeben von Daniel Keel und Daniel Kampa

Früher war mehr Lametta
Hinterhältige Weihnachtsgeschichten sowie acht Gedichte. Herausgegeben von Daniel Keel und Daniel Kampa
Auch als Diogenes Hörbuch erschienen, gelesen von Ingrid Noll, Martin Suter und Anna König

Früher war noch mehr Lametta
Hinterhältige Weihnachtsgeschichten sowie drei Gedichte. Herausgegeben von Daniel Kampa
Auch als Diogenes Hörbuch erschienen, gelesen von Anna König, Hans Korte, Martin Suter und Cordula Trantow

Früher war noch viel mehr Lametta
Hinterhältige Weihnachtsgeschichten. Ausgewählt von Daniel Kampa
Ausgewählte Geschichten auch als Diogenes Hörbuch erschienen, gelesen von Anna König und Jochen Striebeck

Früher war mehr Bescherung
Hinterhältige Weihnachtsgeschichten. Ausgewählt von Daniel Kampa

Früher war Weihnachten später
Hinterhältige Weihnachtsgeschichten. Ausgewählt von Daniel Kampa

Früher war Weihnachten viel später
Hinterhältige Weihnachtsgeschichten. Ausgewählt von Daniel Kampa

Lamettaleichen
Kriminelle Weihnachtsgeschichten. Ausgewählt von Daniel Kampa

Lamettaspuk
Gespenstische Weihnachtsgeschichten. Ausgewählt von Daniel Kampa

Schöne Bescherung
Hinterhältige Weihnachtsgeschichten. Ausgewählt von Daniel Kampa

Nicht schon wieder Weihnachten!
Hinterhältige Weihnachtsgeschichten sowie zwei Gedichte. Ausgewählt von Daniel Kampa

O du schreckliche...
Kriminelle Weihnachtsgeschichten. Ausgewählt von Daniel Kampa

Weißer Weihnachtszauber
Nostalgische Weihnachtsgeschichten. Ausgewählt von Daniel Kampa

Weihnachts-Detektive
Weihnachten mit Sherlock Holmes, Pater Brown, Kommissar Maigret, Albert Campion, Miss Marple, Hercule Poirot und Nero Wolfe

Kinder-Adventsbuch
Weihnachtsgeschichten für jeden Adventstag. Ausgewählt von Daniel Kampa

Weihnachten mit Loriot

Weihnachten mit Ringelnatz
Zusammengestellt von Daniel Kampa

Jean de Brunhoff
Babar und der Weihnachtsmann
Aus dem Französischen von Françoise Sérusciat-Brütt

Charles Dickens
Weihnachtslied
Eine Gespenstergeschichte. Aus dem Englischen von Melanie Walz. Mit Zeichnungen von Tatjana Haupmann und einem Essay von John Irving

Georges Simenon
Weihnachten mit Maigret
Roman. Aus dem Französischen von Hans-Joachim Hartstein
Auch als Diogenes Hörbuch erschienen, gelesen von Hans Korte

Tomi Ungerer
Achtung Weihnachten
Hinterhältige Weihnachtsgeschichten und -gedichte. Ausgewählt von Jan Sidney. Mit vielen Bildern von Tomi Ungerer

Außerdem erschienen:

René Goscinny & Jean-Jacques Sempé
Der kleine Nick freut sich auf Weihnachten
Fünf Geschichten aus den Bänden *Neues vom kleinen Nick* und *Der kleine Nick ist wieder da!*
Diogenes Hörbuch, 1 CD, gelesen von Rufus Beck

Die Bibel
Neues Testament
Weihnachten. Geburt und Kindheit Jesu
Diogenes Hörbuch, 1 CD, gelesen von Sven Görtz

Weihnachten mit Ingrid Noll
Diogenes Hörbuch, 1 CD, gelesen von Uta Hallant